Daniel Kowalsky

Käpten Sturm

Das Geheimnis des grünen Diamanten

SCM

Stiftung Christliche Medien

SCM ist ein Imprint der SCM Verlagsgruppe, die zur Stiftung Christliche Medien gehört, einer gemeinnützigen Stiftung, die sich für die Förderung und Verbreitung christlicher Bücher, Zeitschriften, Filme und Musik einsetzt.

MIX
Papier | Fördert gute Waldnutzung
FSC® C014496

Max-Eyth-Straße 41 | 71088 Holzgerlingen
Internet: www.scm-verlag.de; E-Mail: info@scm-verlag.de

Umschlaggestaltung: Sybille Koschera, Stuttgart
Titelbild und Illustrationen: Elke Broska, Wiesbaden
Satz: Katrin Schäder, Velbert
Lektorat der kompletten Reihe: Damaris Müller
Druck und Verarbeitung: GGP Media GmbH, Pößneck
Gedruckt in Deutschland
ISBN 978-3-417-28085-2
Bestell-Nr. 228.085

DANIEL KOWALSKY

ELKE BROSKA

KÄPTEN STURM

DAS GEHEIMNIS DES GRÜNEN DIAMANTEN

SCM

Inhalt

Lenny
11 Jahre alt
Ruhiger als seine Schwester Anne
Er kann sehr schnell rennen
und weit springen, aber ganz
schlecht Bälle werfen.

Anne
8 Jahre alt
Lieblingsfach: Deutsch
Hassfach: Mathe
Obwohl sie oft mit ihrem
Bruder Lenny streitet,
hält sie immer zu ihm,
wenn es drauf ankommt.

Wilbert Boynen Sturm
Kapitän der *Esmeralda*
22 Jahre alt
Beste Freunde:
Seebär und Brummel

Safira Alminetti
11 Jahre alt
Artistin
Sie hasst es, das Schiffsdeck zu schrubben.

VORGESCHICHTE

Zur Zeit der Seefahrer und Piraten

Safira schaute vom Ufer aus zu dem Piratenschiff hinüber, das in einer kleinen Bucht vor Anker lag. Obwohl es ziemlich dunkel war, konnte sie alles genau erkennen. Sie beobachtete das Schiff schon eine ganze Weile, und jetzt waren die letzten Piraten endlich in ihren Kojen verschwunden.

Auf Safiras rechter Schulter hockte Toto, ein süßer, kleiner Affe. Er hatte seinen Arm um ihren Hals gelegt und zupfte liebevoll an ihren Haaren. Auf der anderen Schulter saß Kiki. Sie war eine schlaue Papageiendame, deren lockere Sprüche geradezu legendär waren. Mit ihrem krummen Schnabel knabberte sie gerade sanft an Safiras Ohr.

Beide Tiere waren jedoch absolut still, weil Safira es ihnen befohlen hatte – aus gutem Grund. Denn Safira hatte einen Plan. Und der war brandgefährlich. Zudem lief ihr langsam, aber sicher die Zeit davon: In einer Stunde würde die Sonne aufgehen.

Doch was war geschehen und wie war es dazu gekommen?

Safira war mit den beiden Matrosen Seebär und Brummel zu einem Hafen an der Ostsee gefahren. Dort wollten sie auf einem Wochenmarkt frischen Fisch und viele andere Lebensmittel und Leckereien einkaufen. Am nächsten Tag sollte nämlich die offizielle Verlobung von Käpten Sturm und Aurora von Waldmünde stattfinden. Dieses Ereignis musste gebührend gefeiert werden, und als erfahrener Schiffskoch war Seebär für das Festmahl zuständig. Da der Wochenmarkt immer frühmorgens begann, waren sie bereits am Abend zuvor angereist.

Während Brummel und Seebär in der Herberge schon früh schlafen gegangen waren, hatte Safira eines der Kutschpferde wieder aus dem Stall geholt und war zum Hafen geritten. Sie liebte das Meer, den Anblick der Schiffe, aber vor allem das Gefühl von Fernweh, das in so einem Hafen überall zu spüren war.

Doch genau das hatte unerwartete Folgen. Denn dort hatte sie zufälligerweise ein Gespräch zwischen zwei finsteren Gestalten mitbekommen, das mit Sicherheit nicht für ihre Ohren bestimmt gewesen war.

„Albin, bist du dir sicher, dass es Fürst Arthur von Waldmünde war?"

„Selbstverständlich, Franz."

„Fürst Arthur von Waldmünde persönlich befindet sich also auf diesem Schiff dort, das gerade in Richtung Norden segelt? Ich dachte, seine Tochter feiert morgen ihre Verlobung mit diesem verwegenen Kapitän der *Esmeralda*. Wie hieß er noch gleich? Ach ja – Käpten Sturm."

„Davon habe ich auch gehört. Aber Fürst Arthur hat trotzdem dieses Schiff betreten."

„Du musst ihn mit jemandem verwechselt haben, der ihm ähnlich sieht. Oder hast du etwa einen Beweis, dass es wirklich der Fürst gewesen ist?"

„Und ob! Schau mal, was ich hier habe!"

„Ein Schriftstück?"

„Ja, ein versiegeltes Dokument. Der Fürst hat es kurz vor seiner Abreise einem Boten übergeben und ihm befohlen, es sofort zur Fürstenfamilie zu bringen. Er hat dem Boten eingeschärft, dass niemand anders diesen Brief in die Finger bekommen dürfe. Außerdem hat Fürst Arthur noch erwähnt, dass er ganz dringend nach einer Schatzkarte suchen müsse."

„Und warum hast *du* jetzt dieses so wichtige Dokument, Albin, und nicht dieser Bote?"

„Weil ich es ihm gestohlen habe, hahaha. Der Bote, dieser Dummkopf, hat nicht bemerkt, dass ich es ihm aus der Tasche gezogen habe."

„Du bist ein wahrer Meisterdieb, Albin. Was steht in dem Brief?"

„Vermutlich, wo Fürst Arthur von Waldmünde nach der Schatzkarte suchen will."

„Hast du den Brief etwa noch nicht gelesen?"

„Ich habe es versucht, Franz – ehrlich! Aber nur die ersten Zeilen sind lesbar. Der Rest ist in einem Kauderwelsch geschrieben, das ich nicht entziffern kann. Sieh selbst!"

„Hm, dieser Fürst Arthur von Waldmünde scheint ein schlaues Bürschchen zu sein. Was machen wir jetzt?"

„Wir kehren sofort zu unserem Schiff zurück. Wie du weißt, bin ich heute zur Nachtwache eingeteilt. Ich habe also viel Zeit und werde mir den Brief genau anschauen. Vielleicht finde ich heraus, wo Fürst Arthur hinfährt. Dann können wir ihm folgen und ihm die Schatzkarte abnehmen."

„Na gut. Einen Versuch ist es wert. Wenn du diese komische Schrift nicht entziffern kannst, übergeben wir den Brief unserem Kapitän, dem Schwarzen Piraten. Der ist schlauer als wir und kommt ja morgen von seinem Raubzug zurück."

Die beiden Männer hatten nicht gemerkt, dass Safira ihnen auf ihrem Pferd bis zum Ufer gefolgt war. Während sie darauf achtete, immer schön in Deckung zu bleiben, dachte sie über das soeben belauschte Gespräch nach: Diese beiden Seeleute waren Piraten. Und offenbar gehörten sie zum gefährlichsten und gefürchtetsten Seeräuber der Weltmeere, dem sogenannten Schwarzen Piraten.

Aber wie war das möglich? Hatte Safira nicht mit eigenen Augen beobachtet, wie der Schwarze Pirat von bewaffneten Männern verfolgt worden war … weit weg, auf einer einsamen Insel, sozusagen am anderen Ende der Welt? Wie hatte er sich nur gegen diese Übermacht wehren und von der abgelegenen Insel entkommen können?

Und es gab noch weitere Rätsel: Warum war Fürst Arthur von Waldmünde Hals über Kopf abgereist, einen Tag vor der Verlobungsfeier seiner Tochter? Dafür musste es einen sehr wichtigen Grund geben. Wozu brauchte er die Schatzkarte, nach der er offenbar suchen wollte? Sicherlich stand das alles in dem Brief, den der Pirat dem Boten gestohlen hatte.

Safira runzelte besorgt die Stirn. Nein, dieses Dokument durfte auf keinen Fall dem Schwarzen Piraten in die Hände fallen! Wenn das passierte, würden all diese Fragen wahrscheinlich niemals beantwortet werden. Aber was noch viel schlimmer war: Wenn der Schwarze Pirat den Brief las, würde er Fürst Arthur hinterherjagen, ihn gefangen nehmen und …

Safira wollte gar nicht weiter darüber nachdenken, was dann passieren konnte. Sie musste dieses Unglück unbedingt verhindern!

Ein letzter Blick zum Schiff – dann holte sie tief Luft und begann mit den Vorbereitungen: Zunächst band sie ihr Pferd an einer Stelle fest, wo es genug zu fressen gab. Danach holte sie ein langes Zirkusseil aus ihrem Rucksack, den sie immer bei sich trug. Sie befestigte ein Ende davon an einem Felsvorsprung, das andere Ende wand sie um ihre Schulter. Anschließend stieg sie ins Wasser und schwamm zu dem Piratenschiff hinüber. Kiki und Toto begleiteten sie.

Es war ein äußerst verwegener Plan, den Safira sich ausgedacht hatte.

Albin saß in einer Hängematte auf dem vorderen Deck des Piratenschiffs. In der einen Hand hielt er eine Kerze, in der anderen den Brief von Fürst Arthur von Waldmünde. Doch Albin wurde nicht schlau daraus. Es ärgerte ihn maßlos, dass er dem Schwarzen Piraten dieses wichtige Schriftstück übergeben musste. Der hatte nämlich die Angewohnheit, sich den größten Teil der Beute immer selbst unter den Nagel zu reißen. So war der Schwarze Pirat nun einmal. Alle wussten das und hatten Angst vor ihm.

Albin gähnte, schloss die Augen und dachte nach.

Auf einmal hörte er hinter sich ein Geräusch. Erschrocken schaute er sich um, sah aber nichts. Was war das?

Wieder ertönte dieses leise, unheimliche Zischen. Es schwoll zu einem Fauchen an und entwickelte sich dann zu einem durchdringenden Kreischen, das dem Piraten durch Mark und Bein fuhr. Gleichzeitig erschien direkt vor ihm ein Paar leuchtend grüner Augen, die ihn böse anstarrten. Albins Nackenhaare stellten sich auf – das nackte Grauen packte ihn. Er wollte schreien, etwas sagen. Doch der Anblick dieser unheimlichen Erscheinung verschlug ihm die Sprache.

Ein Gespenst!, dachte er und zitterte vor Angst. Denn er war, wie die meisten Piraten, sehr abergläubisch.

Das unheimliche Etwas begann zu flattern und setzte sich auf seinen Kopf. Albin spürte scharfe Krallen. Voller Panik schoss er hoch, fiel rücklings auf den Boden und schlug hart auf. Auf dem Rücken liegend starrte er das gespenstische Wesen an, welches über ihn hinweg zur Reling flog. Von dort aus schaute es mit strafendem Blick zu ihm hinüber und krächzte laut: „Du Wicht!"

Jetzt begriff Albin, was los war, und fand endlich seine Sprache wieder. „Ein Papagei!"

„Faules Ei!", konterte Kiki.

Der Pirat ärgerte sich über sich selbst, weil er sich von einem Vogel so einen Schrecken hatte einjagen lassen. Außerdem fragte er sich, wo das Federvieh eigentlich herkam.

Doch er hatte keine Zeit, darüber nachzudenken, denn plötzlich tauchte wie aus dem Nichts ein kleiner Affe auf. Vom Mast aus ließ er sich in die Hängematte fallen und starrte Albin an, das Gesicht zu einer urkomischen Grimasse verzogen.

Blitzschnell schnappte das Tier sich nun den Brief, der in der Hängematte lag, und grinste bis über beide Ohren. „Hihihohohuhu!"

Albin ahnte, was der freche Schimpanse vorhatte. Er sprang auf, machte einen Satz in Richtung Hängematte und versuchte, den Affen festzuhalten. Doch mit einem kunstvollen Salto rückwärts verließ der die Hängematte und kletterte wieder auf den Mast, von dem er gekommen war. Der Pirat griff ins Leere.

Kiki, die immer noch auf der Reling saß, schaute den Piraten mit schräg gelegtem Kopf mitleidig an. „So ein Pech", krächzte sie und flog davon.

Toto hangelte sich geschickt durch die gesamte Takelage bis nach hinten zum Heck. Dort traf er Safira und übergab ihr den Brief. Die steckte ihn in eine wasserdichte Dose, die sie in ihrem Rucksack hatte, und lächelte. „Gut gemacht, Toto. Los, steig schnell auf meinen Rücken. Wir müssen schleunigst von hier verschwinden."

Der Affe gehorchte, legte von hinten seine kleinen Arme um Safiras Hals und hielt sich gut fest.

Safira prüfte das Zirkusseil, dessen zweites Ende sie am hintersten Mast befestigt hatte. Leider hatte sich das Schiff inzwischen ein klein wenig vom Ufer wegbewegt. Dadurch war das Seil nun so stark gespannt, dass es jeden Augenblick reißen konnte.

Egal, sie musste es wagen! Denn dieser Fluchtweg über das Zirkusseil war ihre einzige Chance. Sie nahm einen dicken Lederriemen und legte ihn so über das Seil, dass die beiden Enden links und rechts herabhingen. Dann packte sie den Riemen mit beiden Händen und stieß sich mit den Füßen ab. Wie die Gondel einer Seilbahn glitt sie nun über das Zirkusseil zum Ufer hinüber. Safiras Herz klopfte vor Aufregung, doch alles klappte hervorragend. Toto klammerte sich fest an ihren Hals und Kiki flog neben ihnen her.

Kaum war Safira sicher am Ufer gelandet, zerriss das starke Seil. Die junge Zirkusartistin atmete auf. „Puh, noch einmal Glück gehabt!" Ohne auch nur eine Sekunde Zeit zu verlieren, rannte sie zu der Stelle, wo sie das Pferd angebunden hatte. Das alles war in einem so aberwitzigen Tempo abgelaufen, dass der verdutzte Pirat ihr nur mit offenem Mund hinterherschauen konnte.

Safira musste zu der Herberge zurück, wo Seebär und Brummel friedlich schliefen. Doch vorher streichelte sie erst einmal Toto und Kiki, die mittlerweile wieder auf ihren Schultern kauerten. „Gut gemacht, ihr zwei Helden! Bin mächtig stolz auf euch. Mission erfüllt!", lobte sie ihre tapferen Begleiter.

Auf dem Piratenschiff waren durch Kikis lautes Kreischen einige Piraten aufgewacht. Natürlich erkundigten sie sich sofort bei Albin, der ja Wachdienst hatte, was hier eigentlich los sei. Er erzählte ihnen alles. „... und dann hat sich dieses dreiste Biest über das Wasser an Land geschwungen und ist in der Dunkelheit verschwunden. Den wertvollen Brief hat die freche Göre mitgenommen." Albin sah wütend in die Runde. „Sollen wir uns so eine Unverschämtheit gefallen lassen?"

„Nein, auf keinen Fall!", brüllten die Piraten.

Albin zeigte grimmig in Richtung Land. „Na, dann los! Wir jagen ihr hinterher und nehmen sie gefangen! Dieses Mädchen soll zu spüren bekommen, was es heißt, sich mit den gefürchtetsten Piraten der Weltmeere anzulegen!"

1. Das fünfte Logbuch

Heutige Zeit

Lenny und Anne Schmidt verließen den Bus, der sie von der Schule fast bis nach Hause gebracht hatte. Die Haltestelle mitten im Wald war erst kürzlich neu eingerichtet worden, und zwar ihretwegen. Familie Schmidt war sehr froh, dass die Kinder jetzt nicht mehr mit dem Auto zur Schule gebracht werden mussten, sondern den Schulbus nehmen konnten. Doch was Lenny und Anne richtig stolz machte: Die Bushaltestelle war tatsächlich nach ihrem Wohnhaus benannt worden: „Altes Schmugglerhaus".

Eilig liefen die Geschwister den unscheinbaren Schotterweg entlang, den man von der Hauptstraße aus leicht übersehen konnte. Dieser führte direkt zu ihrem dreihundert Meter entfernten Zuhause. Seit fast drei Monaten wohnten sie mit ihren Eltern zusammen in einem einsam gelegenen Waldhaus, das mehrere Jahrhunderte zuvor von Schmugglern erbaut worden war.

Und dieses Haus hatte es wirklich in sich. Denn es wimmelte darin nur so von Geheimgängen und merkwürdigen Verstecken, von denen sie sicher noch nicht alle entdeckt hatten. Das fanden die achtjährige Anne und ihr elfjähriger Bruder Lenny ungeheuer spannend. Am meisten faszinierte sie jedoch, dass ein geheimnisvoller Kapitän vor über zweihundert Jahren in ebendiesem Haus gewohnt hatte. Sein Name lautete Käpten Wilbert Boynen Sturm.

Was dieser mutige Abenteurer mit seiner Mannschaft erlebt hatte, war in mehreren Logbüchern aufgeschrieben worden. Die beiden Geschwister hatten schon vier davon gefunden und sie gemeinsam mit Papa, Mama, Opa Abraham und Oma

Sarah gelesen. Verständlich, dass sie jetzt unbedingt wissen wollten, wie die Geschichte weiterging. Bestimmt hatte Käpten Sturm auch sein nächstes Abenteuer schriftlich festgehalten! Leider war die Suche nach dem fünften Logbuch bisher erfolglos gewesen.

Doch Anne hatte etwas entdeckt, was sie Lenny unbedingt mitteilen wollte. „Ich weiß etwas, was du nicht weißt", murmelte sie geheimnisvoll.

Lenny zuckte gelangweilt mit den Schultern. „Und – worum geht es?"

Annes Augen funkelten, als sie weitersprach. „Gestern habe ich mir noch einmal die letzte Seite vom vierten Logbuch angeschaut. Und weißt du, was mir dort aufgefallen ist?"

„Jetzt mach es mal nicht so spannend", meinte ihr großer Bruder gönnerhaft.

„Ein großes V, das fast die ganze Seite bedeckt", erklärte Anne triumphierend.

„Hä? Das habe ich noch gar nicht bemerkt. Und wenn schon – wofür sollte so ein V gut sein?"

Anne grinste. „Na, überleg mal! Wir suchen doch nach Hinweisen, wo wir mit der Suche nach dem fünften Logbuch beginnen müssen. Und dieses V ist vielleicht so ein Hinweis."

Bevor Lenny etwas erwidern konnte, erreichten sie die Haustür. Weil gerade niemand im Haus war, kramte er seinen Schlüssel hervor und öffnete damit die Tür. Rasch liefen die beiden in die große Wohnküche, wo das vierte Logbuch auf dem Tisch lag. „Na, dann zeig mir das V mal", forderte Lenny seine kleine Schwester auf.

Anne schlug die letzte Seite auf, nahm eine UV-Speziallampe in die Hand und leuchtete damit auf das alte Schriftstück. „Siehst du es?"

„Tatsächlich!", rief Lenny verblüfft. „Jetzt kann ich es auch sehen. Aber woher hast du eigentlich diese UV-Lampe?"

Anne zog den Kopf ein und schwieg.

„Moment – das ist doch meine Lampe! Anne! Du hast sie mir aus meinem Nachttisch geklaut! Gib es zu! Wie oft habe ich dir gesagt, dass du nicht in meinen Sachen rumstöbern sollst."

„Tut mir leid, Lenny", sagte Anne. „Aber sei mir nicht böse! Denk dran, was ich mit deiner Lampe entdeckt habe."

Lenny beruhigte sich wieder. „Na gut! Ich verzeihe dir noch einmal. Aber wag es nicht, noch einmal an meine Sachen zu gehen. Sonst gibt es richtig Ärger."

Anne hatte nicht vor, ihrem Bruder irgendetwas zu versprechen, was sie nicht halten wollte. Deshalb lenkte sie schnell ab. „Was hat der Buchstabe V zu bedeuten?"

Lenny überlegte. „Das frage ich mich auch. Man kann den Buchstaben ja nur mithilfe meiner Speziallampe erkennen. Und warum Käpten Sturm ausgerechnet den Buchstaben V auf die letzte Seite eingearbeitet hat, kann ich dir auch nicht sa..." Plötzlich schlug er sich an den Kopf. „Aber natürlich! Das muss es sein."

„Was?"

Lenny sah seiner Schwester direkt in die Augen. „Das V ist kein Buchstabe, sondern eine römische Zahl. Wir haben die römischen Zahlen gerade in der Schule durchgenommen. Stell dir vor, die Römer haben Buchstaben als Zahlen verwendet. Ein X ist eine 10, ein I ist eine 1 und so weiter. Und weißt du, welche Zahl das V ist?"

„Nein", musste Anne zugeben.

„Das V ist eine 5! Das könnte – nein, das muss einfach der Hinweis sein, der uns zum fünften Logbuch führt! Gib mir mal die Lampe!"

Anne reichte sie ihm.

Sorgfältig beleuchtete Lenny nun einen Zentimeter nach dem anderen. Und auf einmal wurde er fündig. „Da!", rief er aufgeregt. „Schau mal! Dieser kleine Text ganz unten auf der letzten Seite ist nur mithilfe der UV-Lampe zu sehen."

„Kannst du ihn vorlesen?", fragte Anne aufgeregt.

„Ist zwar in altdeutscher Schrift geschrieben, aber ich versuche es." Lenny fing an zu buchstabieren. „Dur... durchsu... durchsuche den Da... Dachboden auf der W... Westseite."

Enttäuscht runzelte Anne die Stirn.

„Durchsuche den Dachboden auf der Westseite? Aber da waren wir doch bestimmt schon tausendmal! Da ist nichts."

Lenny zuckte mit den Schultern. „Wenn es da so steht, dann muss dort auch etwas sein. Komm, wir schauen nach!"

Sie liefen die Treppe hinauf und gelangten über die breite Holzleiter auf den Dachboden.

„Wo ist Westen?", fragte Anne.

„Da, wo die Sonne untergeht", erklärte Lenny ihr. „Also auf dieser Seite."

Ohne zu wissen, wonach sie eigentlich Ausschau hielten, begannen die beiden mit der Suche. Nach zehn Minuten setzte sich Anne erschöpft auf einen uralten Teppich, der auf dem Boden lag, und lehnte sich an die Wand. „Sag mal, was wollen wir eigentlich finden?"

„Du Hirni! Natürlich die fünfte Seefahrerkiste und das fünfte Logbuch, das darin aufbewahrt ist. Willst du etwa schon aufgeben?"

„Hier ist keine Kiste!", verteidigte sich Anne und fuhr gedankenverloren mit dem Finger über eine Stickerei im Teppich. „Du, Lenny, komm mal!", murmelte sie.

„Keine Zeit!", erklärte der. „Ich muss diesen Schrank von der Wand schieben. Anstatt faul herumzusitzen, solltest du mir lieber helfen."

Aber Anne ließ sich nicht beirren. „Lenny! Jetzt komm doch her und schau dir das hier an!"

Leicht verärgert wandte sich ihr großer Bruder von dem Schrank ab und setzte sich direkt neben Anne auf den Teppich. „Was ist denn?"

„Du sitzt drauf!", kicherte Anne.

Lenny rückte zur Seite. Da sah er, was seine Schwester meinte. „Hier ist ein großes V in den Teppich hineingestickt worden ... na und?" Plötzlich machte er große Augen. „Das ist tatsächlich ein V! Aber nach so etwas suchen wir doch, oder etwa nicht?"

„Eben!", sagte Anne lächelnd. „Und ich habe es entdeckt."

Doch anstatt Annes Leistung irgendwie zu würdigen, sprang Lenny auf, schubste sie zur Seite und rollte den Teppich zusammen, sodass der Boden darunter zu sehen war. Seine Augen leuchteten. „Hier ist noch so ein V, direkt in die Holzdiele eingebrannt. Das ist bestimmt die richtige Stelle!"

Er klopfte mit beiden Händen auf den Boden. „Hörst du? Das klingt hohl! Darunter gibt es sicher einen Hohlraum oder ein ... Geheimversteck. Los, wir versuchen, das Brett anzuheben!"

„Es ist eine Klapptür!", jubelte Anne. „Und ich habe sie entdeckt!"

Lenny schüttelte den Kopf. „Nein, Anne, wir haben sie zusammen entdeckt."

„Wenn ich das V auf dem Teppich nicht gesehen hätte, dann hätten ..."

In diesem Augenblick gelang es Lenny, die Klapptür anzuheben. Vor ihnen tat sich ein Schacht auf, der senkrecht nach

unten führte. An der Wand des Schachts befand sich eine Leiter aus Eisen. „Wollen wir runtersteigen?", fragte Lenny.

„Du zuerst!", schlug Anne vor. „Aber vorher sollten wir uns eine Taschenlampe holen, sonst sehen wir nichts."

Lenny nickte und besorgte rasch zwei Taschenlampen. Dann stieg er vorsichtig die Leiter hinab.

Anne blieb oben, weil sie furchtbare Angst vor Spinnen und anderem Ungeziefer hatte. Doch um ihrem Bruder zu helfen, richtete sie ihre Taschenlampe in den Schacht, sodass dieser hell erleuchtet wurde.

Lenny erreichte den Boden. „Ich bin unten. Hier ist es total schmutzig. Und die Luft ist voller Staub." Er musste niesen. „Willst du nicht auch runterkommen?"

Nach anfänglichem Zögern überwand sich Anne und kletterte ebenfalls die Sprossen hinunter. Kurz darauf stand sie neben ihrem Bruder. Der suchte bereits systematisch das neu entdeckte Geheimversteck ab.

„Wo sind wir hier eigentlich?", fragte Anne.

Lenny überlegte. „Also, wenn ich mich nicht irre, befinden wir uns direkt neben dem Schlafzimmer von Papa und Mama."

Plötzlich stieß Anne einen Freudenschrei aus.

Lenny starrte sie besorgt an. „Was ist?"

Anne zeigte in eine dunkle Ecke. „Guck mal! Da ist eine Seefahrerkiste. Du, Lenny! Ich glaube, wir haben ..."

„... Käpten Sturms fünftes Logbuch entdeckt", vollendete Lenny den angefangenen Satz.

Die Kiste war genauso konstruiert wie die übrigen, die sie gefunden hatten. Die Innenwände waren mit einer Art Harz bestrichen, das sich wie Gummi anfühlte.

Opa Abraham hatte den Kindern erst vor Kurzem noch einmal erklärt, was es mit dieser gummiartigen Schicht auf sich hatte: „Auf diese Weise ist es Käpten Sturm gelungen, alle Sachen, die sich in den Seefahrerkisten befinden, perfekt vor Alterung zu schützen. Das lässt sich mit einer Konservendose vergleichen, in der nichts schlecht werden kann. Ich vermute mal, dass Käpten Sturm dieses Harz vom Amazonas mitgebracht hat. Bestimmt wollte er, dass seine Logbücher der Nachwelt erhalten bleiben."

Tatsächlich befand sich in der Kiste neben ein paar Steinen auch ein dicker Stapel Papier. Lenny nahm ihn heraus und hielt ihn triumphierend in die Luft. „Wir haben es! Anne, wir haben das fünfte Logbuch."

Seine Schwester umarmte ihn vor Freude. „Damit überraschen wir heute Abend Mama, Papa, Oma Sarah und Opa Abraham."

„Ja, das machen wir", sagte Lenny und klopfte nachdenklich an die Holzwand, die das elterliche Schlafzimmer von dem Geheimversteck abtrennte. „Aber wir verraten zunächst mal niemandem, wo wir es gefunden haben."

Anne sah ihn verwundert an. „Und warum nicht?"

„Das erkläre ich dir später. Vertrau mir einfach!", antwortete Lenny mit geheimnisvoll funkelnden Augen.

Beim Abendessen saßen Lenny und Anne mit ihren Eltern und Großeltern am Tisch. Alle waren ungewöhnlich schweigsam, ganz anders als sonst.

„Was ist denn?", erkundigte sich Lenny.

„Ach ... das erzählen wir euch ein anderes Mal", winkte Mama ab. „Esst einfach weiter."

„Aber warum habt ihr denn so schlechte Laune?", bohrte Anne.

Mama streichelte ihr über den Kopf. „Mach dir darüber keine Gedanken, Schatz. Es würde zu lange dauern, euch das alles zu erzählen. Iss einfach weiter."

Opa Abraham merkte, dass sich die Kinder damit nicht zufriedengeben wollten. Um sie abzulenken, wechselte er das Thema. „Wie wäre es, wenn wir heute das Haus nach weiteren Geheimverstecken absuchen würden?", schlug er lächelnd vor. „Oder habt ihr die Suche nach Käpten Sturms fünftem Logbuch etwa schon aufgegeben?"

Die Geschwister sahen sich grinsend an, Anne nickte ihrem Bruder zu. Der sprang auf, lief in sein Zimmer und holte das Logbuch, das sie am Nachmittag gefunden hatten. Die Hände hinter dem Rücken haltend, kam er zum Esstisch zurück.

Stolz stand Anne auf und blickte in die Runde. „Wisst ihr, was Lenny und ich entdeckt haben?"

Die vier Erwachsenen schüttelten den Kopf.

Da holte Lenny das Logbuch hinter seinem Rücken hervor und zeigte es ihnen. „Schaut, was ich hier habe: Es ist tatsächlich Käpten Sturms fünftes Logbuch."

Mama, Papa, Oma Sarah und Opa Abraham machten große Augen, und Papa stellte die Frage, die ihnen allen unter den Nägeln brannte: „Und wo habt ihr das gefunden?"

Lenny lächelte verschmitzt. „Das verraten wir euch nicht. Erst wenn ihr uns sagt, was los ist."

Papa schüttelte den Kopf. „Nein, das möchten wir im Moment nicht. Akzeptiert einfach, dass ein Erwachsener auch mal schlechte Laune haben kann. Aber ich finde es toll, dass ihr das Logbuch gefunden habt." Er schaute wieder auf seinen Teller und aß weiter. Dabei wirkte er sehr niedergeschlagen.

„Wie wäre es, wenn wir gleich nach dem Abendessen anfangen, aus dem Logbuch vorzulesen?", schaltete sich nun Oma Sarah ein.

Lenny stemmte seine Hände in die Hüften. „Also, hier stimmt doch was nicht. Und glaubt mir – ich kriege es schon noch raus."

Nun wurde Mama ärgerlich. „Lenny! Bitte hör auf damit! Papa geht es nicht gut, und er möchte *jetzt* nicht darüber reden. Wir erzählen es euch später vielleicht einmal. Ende der Durchsage!" Sie atmete tief durch und sprach dann weiter. „So, und jetzt helft ihr mir dabei, den Tisch abzuräumen. Danach wenden wir uns dem fünften Logbuch von Käpten Sturm zu."

Zwanzig Minuten später saß die ganze Familie Schmidt wieder am Kamin. Opa Abraham nahm den dicken Stapel Papier in die Hand, rückte seine Brille zurecht und begann, laut vorzulesen:

Mein Name ist Wilbert Boynen Sturm. Ich bin 22 Jahre alt und Kapitän der Esmeralda, eines der schnellsten und wendigsten Schiffe der Weltmeere. Mit meiner Mannschaft habe ich einige unglaubliche Abenteuer erlebt und diese in meinen Logbüchern aufgeschrieben.

Aber da ist noch etwas, was ich erzählen muss: Es gibt eine junge Dame. Sie ist die Tochter von Fürst Arthur von Waldmünde. Ihr Name ist Aurora.

Aurora ist die hübscheste, netteste und entzückendste Frau der Welt. Ja, ich will es ehrlich zugeben: Ich habe mich hoffnungslos in sie verliebt. Doch weil sie eine Adlige ist, ich aber nur ein einfacher Kapitän bin, habe ich lange gezögert, es ihr zu sagen. Nach der Rückkehr von einer

sehr aufregenden Seereise fasste ich mir schließlich ein Herz. Ich gestand ihr meine Liebe und hielt um ihre Hand an. Aurora willigte sofort ein. Ja, sogar ihre Eltern waren einverstanden.

Heute soll unsere Verlobungsfeier stattfinden.

Nachtrag:

Es kam alles ganz anders, als wir gedacht hatten ...

2. GEPLATZTES GLÜCK

Es war früh am Morgen. Aurora von Waldmünde und Käpten Sturm, den alle seine Freunde nur Boynen nannten, kamen gerade von einem längeren Ausritt zurück. Sie übergaben dem Stallburschen die Pferde und gingen gemeinsam zum Haupttor des Schlosses. Aurora hakte sich bei Boynen ein.

Als sie durch das Tor schritten, kam ihnen Auroras Mutter, Fürstin Christina von Waldmünde, entgegen. Sie sah sehr besorgt aus und atmete schwer. „Boynen, Aurora! Es gibt schlechte Nachrichten."

Bestürzt blickten die beiden sie an.

Fürstin Christina fuhr fort. „Stellt euch vor – Fürst Arthur ist gestern Nachmittag mit seinem Trakehnerhengst fortgeritten und nicht wiedergekommen. Er ist spurlos verschwunden."

„Hat er dir keine Nachricht hinterlassen?", fragte Aurora.

Boynen wollte etwas sagen, doch Fürstin Christina ließ ihn nicht zu Wort kommen. „Nein, nichts. So etwas hat er noch nie gemacht! Ich habe Angst, dass ihm etwas zugestoßen ist."

Aurora löste sich von Boynen und legte liebevoll einen Arm um die Schultern ihrer Mutter. „Vater wird sicherlich einen Grund dafür haben, dass er fortgeritten ist. Mach dir keine Sorgen. Er weiß doch auch, dass wir heute unsere Verlobung feiern, und wird bestimmt rechtzeitig zurückkehren."

Jetzt schaltete sich Boynen ein. „Gestern Abend bin ich ihm begegnet. Er war sehr in Eile."

Fürstin Christina runzelte die Stirn. „Hat er irgendetwas zu dir gesagt?"

„Nein, aber ich soll Aurora und dir das hier geben." Der junge Kapitän zog einen gefalteten Papierbogen aus der Tasche und zeigte ihn den beiden.

Aurora nahm ihm das Schriftstück aus der Hand, faltete es auseinander und las laut vor: „Liebe Christina, liebe Aurora, es tut mir leid, dass ich Hals über Kopf abreisen muss. Erklärungen folgen in einem weiteren Brief, den euch ein Bote überbringen wird." Aurora schaute verwirrt auf. „Versteht ihr das alles?"

„Nein", sagte Fürstin Christina. „Bitte lies weiter!"

„Noch eine dringende Bitte: Egal, ob ich anwesend bin oder nicht: Die Verlobung muss morgen stattfinden, und zwar bevor Graf Niklas von Skandinavien hier eintrifft ..."

Alle drei sahen sich verwundert an.

In diesem Augenblick trat ein gut gekleideter Mann hinter einem Vorsprung der Schlossmauer hervor und räusperte sich. „Guten Morgen zusammen. Ich bedaure, dass ich Euch unterbrechen muss. Aber ich habe gerade etwas gehört, das mir überhaupt nicht gefällt."

Fürstin Christina warf dem Neuankömmling einen entrüsteten Blick zu. „Also, bitte – so eine Unverschämtheit! Wie könnt Ihr es wagen, unser Gespräch zu belauschen? Wer seid Ihr überhaupt? Und was fällt Euch ein, uns zu stören?"

Fürstin Christina und der Fremde hielten sich selbstverständlich an die damals geltenden Höflichkeitsregeln. Einen Adligen sprach man nicht mit „Du" oder „Sie" an, sondern mit „Ihr" beziehungsweise „Euch", auch wenn es nur eine einzige Person war, mit der man redete.

Der Fremde nahm seinen Hut vom Kopf und verbeugte sich vor den dreien. „Darf ich mich vorstellen? Mein Name lautet Graf Niklas von Skandinavien. Und warum ich Euch in Eurem Gespräch störe? Vielleicht wisst Ihr es ja noch nicht: Aurora von Waldmünde ist mir versprochen worden, und zwar von Fürst Arthur von Waldmünde persönlich. Ich bin gekommen, um Aurora zur Frau zu nehmen."

Safira ritt zufrieden durch einen großen Wald. Die Sonne war aufgegangen und bis zur Herberge war es nicht mehr allzu weit.

Unglaublich! Es war ihr gelungen, Fürst Arthurs kostbaren Brief wiederzubeschaffen. Dabei waren ihre beiden tierischen Freunde Kiki und Toto zwei äußerst wertvolle Verbündete gewesen. Bei dem Gedanken daran, wie Kiki den Piraten abgelenkt und Toto sich den Brief geschnappt hatte, grinste Safira übers ganze Gesicht. Jetzt musste sie das wertvolle Dokument nur noch den rechtmäßigen Empfängern übergeben, nämlich Fürstin Christina und Aurora. Alles war so problemlos, so einfach gegangen – für Safiras Gefühl eigentlich viel zu einfach.

Plötzlich hörte sie hinter sich Getrappel. Sie blickte sich um und sah in einiger Entfernung mehrere Reiter, die schnell näher kamen. Einer von ihnen zeigte auf sie und brüllte: „Da ist sie! Los! Schnappt sie euch."

Safira erschrak. Die Piraten! Sie waren ihr gefolgt!

Rasch trieb sie ihre Stute zum Galopp an. Der Weg, auf dem sie ritt, war von undurchdringlichem Buschwerk flankiert. Dadurch gab es keinerlei Möglichkeiten, rechts oder links vom Weg abzuweichen. Safiras Herz klopfte schneller. Sie spornte ihr Pferd zur höchsten Eile an.

Dennoch holten die Piraten immer weiter auf, weil sie ihre armen Pferde derart erbarmungslos schlugen, dass diese all ihre Kräfte einsetzten. In halsbrecherischem Tempo jagten sie Safira hinterher, die mittlerweile nur noch etwa einhundertfünfzig Meter Vorsprung hatte.

Es war nur eine Frage der Zeit, bis sie Safira einholen würden.

Käpten Sturm, Aurora und Fürstin Christina schauten den Neuankömmling verständnislos an. „Was fällt Euch ein, hier einfach aufzukreuzen und solch einen Unsinn zu behaupten?“, sagte Käpten Sturm schließlich. „Aurora und ich werden uns heute offiziell verloben. Jeder soll wissen, dass wir uns lieben und dass wir bald heiraten werden. Da habt Ihr überhaupt nichts mitzureden.“

Graf Niklas schüttelte selbstgefällig den Kopf. „Ihr irrt, verehrter Kapitän! Aurora von Waldmünde wurde mir versprochen. Ich, Graf Niklas von Skandinavien, werde sie zur Frau nehmen. Bedaure, aber daran werdet Ihr nichts ändern können.“

Während er sprach, holte er ein Dokument aus seiner Tasche, faltete es auseinander und zeigte es ihnen. „Hier ist eine Urkunde, die beweist, dass ich im Recht bin.“ Er übergab sie Fürstin Christina und fuhr fort: „Fürstin von Waldmünde, ich möchte Euch bitten, dass Ihr uns dieses Dokument laut vorlest. Wie Ihr seht, trägt es die Unterschrift Eures verehrten Herrn Gemahl.“

Fürstin Christina runzelte die Stirn und begann zu lesen:

Als Gegenleistung für den Schutz des Fürstentums Waldmünde durch seine Soldaten im Jahre 1785 bekommt Graf Niklas von Skandinavien Aurora von Waldmünde an ihrem 21. Geburtstag zur Frau.

Waldmünde, den 31. Dezember 1785

Fürst Arthur von Waldmünde

Kreidebleich blickte Fürstin Christina ihre Tochter und Käpten Sturm an und rang nach Worten. „Ich ... ich erinnere mich an diese Urkunde. W...wir wurden damals von Piraten angegriffen. Wir baten Graf Niklas' Vater um Hilfe. Der ... willigte ein. A... aber nur unter einer Be...dingung." Sie atmete schwer, bevor sie weitersprach: „Dass wir diese Urkunde unterschreiben. Es ... es blieb uns nichts anderes übrig ... Ach, ich habe die Sache mit dem bösen Vertrag all die Jahre verdrängt und gehofft, dass ..." Sie fing an zu schluchzen.

Graf Niklas setzte ein triumphierendes Grinsen auf. „Wie Ihr seht, bin ich im Recht. Aurora gehört mir."

An Käpten Sturm gewandt, fuhr er fort: „Jetzt müsst Ihr wohl Eure hübsche kleine Verlobung absagen, verehrter Käpten Sturm. Adel verpflichtet nun einmal! Und Verträge muss man einhalten!" Er schaute wieder zu Fürstin Christina hinüber. „Immerhin haben unsere Soldaten Euer Fürstentum fast ein ganzes Jahr lang vor gemeinen Piraten beschützt."

Käpten Sturm sah dem Grafen zornig in die Augen. „Meiner Meinung nach ist so ein Vertrag das Papier nicht wert, auf dem er steht. Aurora ist kein Stück Ware, sondern die Tochter des Fürsten von Waldmünde. Sie ist eine Dame. Und niemand, hört Ihr, niemand anders als sie selbst darf entscheiden, wen sie heiraten möchte und wen nicht."

„Stimmt", erklärte Aurora kühl. „Mir ist egal, was in dieser Urkunde steht. Ich werde nur Käpten Sturm heiraten, niemanden sonst."

Da wurde Graf Niklas so wütend, dass er alle Formen der Höflichkeit vergaß. „Irrtum! Diese Urkunde ist gültig! Und sollte es jemand wagen, den Vertrag zu brechen ..." Seine Stimme schwoll an, seine Augen glühten vor Zorn. „... dann wird meine

Rache fürchterlich sein. Das verspreche ich euch allen, so wahr ich Graf Niklas von Skandinavien heiße."

Vor lauter Bestürzung traten Aurora Tränen in die Augen.

Käpten Sturm runzelte die Stirn und erwiderte unverblümt: „Jetzt halt mal die Luft an! Urkunde hin oder her – ich werde nicht zulassen, dass du Aurora von Waldmünde zur Frau nimmst. Da kannst du dich auf den Kopf stellen, aber es wird dir nichts nützen!"

Kochend vor Wut zog Graf Niklas seinen Degen und wollte auf Käpten Sturm einschlagen. Doch der hatte diese Reaktion vorausgesehen und längst schon seine eigene Waffe in der Hand. Damit wehrte er den Angriff mühelos ab. Ja, im Schwertkampf konnte es kaum jemand mit Käpten Sturm aufnehmen!

Aber nun griff Graf Niklas mit der linken Hand nach seiner Pistole. Er richtete sie auf Käpten Sturm, einen Finger am Abzug.

Es sah nicht gut aus für Safira. Der Abstand zu den Piraten betrug mittlerweile nur noch fünfzig Meter. Da schickte das elfjährige Mädchen ein Stoßgebet zum Himmel: „Herr, hilf mir! Rette mich!"

Anschließend holte Safira tief Luft. Sie zwang sich dazu, ihre Verfolger zu ignorieren und sich aufs Reiten zu konzentrieren. Sie musste ihre Stute erst einmal dazu bringen, wirklich alles aus sich herauszuholen.

Obwohl sich die Situation nicht verbessert hatte, klopfte Safiras Herz nun nicht mehr so heftig wie vorher. Sie fühlte sich nicht mehr allein, sondern wusste, dass es da oben im Himmel jemanden gab, der sich um sie kümmerte. Außerdem: War die Lage wirklich so hoffnungslos?

Nein, denn ihre Stute war besonders schnell und ausdauernd. Mit diesem Reittier konnten es die Pferde der Piraten nicht wirklich aufnehmen. Diese hatten inzwischen einen längeren, kräftezehrenden Galopp hinter sich und würden dieses mörderische Tempo bestimmt nicht mehr lange durchhalten.

Safira riskierte einen kurzen Blick zurück, der ihre Hoffnung bestätigte: Die Pferde der Piraten zeigten Ermüdungserscheinungen. Sie fielen eins nach dem anderen zurück, um wenig später die Verfolgung ganz aufzugeben.

Nur ein Pirat blieb ihr dicht auf den Fersen. Es war Albin. Und leider gelang es ihm sogar, den Abstand auf nur noch zwanzig Meter zu verringern. Wie war das möglich? Safira warf erneut einen raschen Blick nach hinten und wusste plötzlich, warum: Albin ritt auf einem rassigen Trakehnerhengst.

Safira kannte diesen Hengst. Er hieß Wirbelwind und gehörte Fürst Arthur von Waldmünde. Albin musste ihn gestohlen haben.

Safira stöhnte auf, denn sie wusste, was das bedeutete: Wirbelwind war ihrer Meinung nach das wohl schnellste und ausdauerndste Pferd der Welt. Kein anderes Pferd war in der Lage, sich mit diesem edlen Vollblut zu messen. Dieser außergewöhnliche Hengst würde sie über kurz oder lang mit fliegenden Hufen einholen, das stand fest.

Was sollte sie tun?

3. HOFFNUNG

Graf Niklas von Skandinavien hatte seine Pistole auf Käpten Sturm gerichtet. Er schnaubte vor Wut und war kurz davor abzudrücken.

„Sofort aufhören!", rief Fürstin Christina und schob sich zwischen ihn und Käpten Sturm. „Graf Niklas! Damit eines klar ist: Ihr steht hier auf Grund und Boden des Fürstentums von Waldmünde. Hier gelten unsere Regeln. Die Waffen weg – Gewalt ist keine Lösung!"

Graf Niklas schaute sie mit vor Zorn funkelnden Augen an. Doch dann steckte er die Pistole in das Halfter an seinem Gürtel und ließ auch den Degen sinken.

Fürstin Christina atmete erleichtert auf und versuchte, die angespannte Lage weiter zu beruhigen. „Danke schön", sagte sie. „Ich möchte Euch als unseren Gast in unser Schloss einladen. Ihr werdet sicherlich verstehen, dass wir erst einmal die Rückkehr meines Mannes abwarten müssen, bevor wir alles Weitere in Ruhe mit Euch besprechen können. Außerdem warten wir noch auf einen Boten, der einen Brief mit wichtigen Informationen überbringen wird."

„Einverstanden", erklärte Graf Niklas. „Ich gebe Euch bis morgen früh Zeit. Danach gilt für mich, was in der Urkunde steht." Er wollte sich umdrehen, sah dann aber noch einmal stirnrunzelnd zu Käpten Sturm und Aurora hinüber. „Ach ... noch eins – damit wir uns nicht missverstehen: Die Verlobung findet heute *nicht* statt. Sonst hat das Folgen für Euch alle."

„Soll das eine Drohung sein?", fragte Käpten Sturm ärgerlich.

„Ja", antwortete Graf Niklas unverblümt und wandte sich ab.

Mit geweiteten Nüstern und vor Anstrengung schweißnassen Flanken kämpfte sich der Trakehnerhengst immer näher an Safiras Stute heran. Safira wusste, dass Albin jetzt direkt hinter ihr war. Gleich hatte er sie.

Plötzlich kam ihr eine Idee. Ein Lächeln huschte über ihr Gesicht. Anstatt ihr Pferd weiter anzutreiben, zog sie ganz abrupt die Zügel an. Daraufhin drosselte die Stute sofort das Tempo, wich zur Seite und kam zum Stehen.

Ihr Verfolger hatte mit so etwas nicht gerechnet und schoss an ihr vorbei.

Safira grinste zufrieden. Dann zog sie eine Pfeife aus ihrer Tasche, blies hinein und erzeugte damit einen schrillen, unangenehm lauten Ton. Mit der gewünschten Wirkung! Der empfindsame Vollbluthengst schnaubte und ging, völlig verstört, mit seinem Reiter durch. Der verlor die Kontrolle und hatte große Mühe, sich im Sattel zu halten.

Als Safira nochmals in die Pfeife blies, wurde der Trakehner immer wilder und versuchte durch immer hektischere Bewegungen, seinen Reiter abzuwerfen. Schließlich stoppte er, richtete sich fast senkrecht auf und schlug nach hinten aus, um dann abrupt wieder loszugaloppieren.

Albin, dem die Zügel bei diesem Manöver aus der Hand geglitten waren, fiel rücklings vom Pferd. Er schien nicht besonders schwer verletzt zu sein, denn er setzte sich gleich wieder auf und schimpfte wie ein Rohrspatz. Doch ohne Pferd konnte er Safira zum Glück nicht mehr gefährlich werden.

Die hatte ihre Stute längst wieder angetrieben und jagte Wirbelwind hinterher. Wenige Minuten später hatte sie ihn eingeholt. Während sie neben ihm her ritt, redete sie mit sanfter Stimme auf ihn ein. Es gelang ihr, den Hengst zu beruhigen und nach seinen Zügeln zu greifen. Jetzt konnte sie ihn als Handpferd an ihrer Seite führen und ihren Ritt zur Herberge fortsetzen.

Fürstin Christina schaute besorgt aus dem Fenster. Von Fürst Arthur fehlte bisher jede Spur. Zu ihrem Leidwesen war der angekündigte Bote mit leeren Händen zurückgekehrt: Der Brief war spurlos verschwunden. Fürstin Christina war verzweifelt. Denn trotz Graf Niklas' Drohung trafen immer mehr geladene Gäste ein. Was sollte sie ihnen sagen? Dass die Verlobungsfeier ausfallen würde, weil ein Fürst aus Skandinavien dagegen war?

Wenigstens erreichten in diesem Augenblick auch Brummel, Seebär und Safira das Schloss. Die beiden Matrosen der *Esmeralda* hatten ihre Kutsche voll beladen mit Lebensmitteln, die für das Festmahl am Abend gedacht waren.

Doch was war das? An der Seite von Safiras Stute befand sich ein weiteres Pferd – ein Trakehnerhengst ... Fürst Arthurs Trakehner!

Die junge Zirkusartistin winkte aufgeregt, sie hielt einen Brief in der Hand. „Fürstin Christina! Ich muss Euch etwas ganz Wichtiges erzählen! Ach – und bitte bringt Käpten Sturm und Aurora mit."

Kurz darauf berichtete Safira, wie es ihr, Kiki und Toto auf abenteuerliche Weise gelungen war, Fürst Arthurs Brief wiederzubeschaffen.

Boynen sah sie bewundernd an. „Du bist eine Heldin, Safira – und deine beiden kleinen Freunde natürlich auch."

„Ja, wirklich! Wir sind dir unglaublich dankbar!", schlossen sich Aurora und Fürstin Christina an.

Letztere faltete das wertvolle Dokument auseinander und las laut vor: „Meine liebe Christina, liebe Aurora und lieber Boynen. Ihr wundert euch wahrscheinlich, warum ich nicht im Schloss bin. Leider musste ich abreisen. Es tut mir alles so leid, aber ich habe keine andere Wahl." Fürstin Christina stockte und schaute verwirrt in die Runde. „Nanu. Der Rest des Briefes ist in einem unleserlichen Kauderwelsch geschrieben. Was hat das zu bedeuten?"

Boynen warf einen Blick darauf und grinste verschmitzt. „Der größte Teil ist in Arabisch abgefasst. Clever! Fürst Arthur will sicherstellen, dass nur wir diesen Brief lesen können."

Aurora sah Boynen mit großen Augen an. „Kannst du Arabisch?"

„Ja, wir haben einen Araber in unserer Mannschaft auf der *Esmeralda*. Der hat es mir beigebracht."

„Du überraschst mich immer wieder", lobte ihn Fürstin Christina. „Dann bist du jetzt an der Reihe."

Boynen nahm den Brief und übersetzte den weiteren Text ins Deutsche:

> *Graf Niklas von Skandinavien ist auf dem Weg nach Waldmünde. Ich Dummkopf habe vor vielen Jahren einen Vertrag unterschrieben, der ihm das Recht gibt, Aurora zur Frau zu nehmen. Es tut mir so leid.*
>
> *Zu meiner Verteidigung muss ich sagen, dass wir damals in großer Not waren. Wir wurden von Piraten angegriffen.*

Niklas' Vater hat mir seine Hilfe angeboten. Die Bedingung war, dass ich diese Urkunde unterschreiben musste. Ich hatte keine andere Wahl, sonst hätten die Piraten unser Fürstentum vernichtet. Der Vertrag ist leider gültig.

Aber es gibt Hoffnung. Deshalb bin ich nach Brondholm gereist. Dort gibt es eine uralte Schatzkarte, die den Weg zu einer sagenumwobenen Höhle beschreibt – zur Höhle des grünen Diamanten. Und ich weiß als Einziger, wo diese Karte zu finden ist.

Langer Rede kurzer Sinn: Wir müssen den Schatz dieser Höhle finden und ihn Graf Niklas übergeben. Wir haben damals nämlich auch vereinbart, dass Aurora im Tausch gegen diesen Schatz freigegeben werden muss ..."

Boynen sah auf. „Der Rest des Briefes beschreibt, wo Fürst Arthur auf der Insel Brondholm nach der Karte suchen möchte."

Es herrschte ein längeres Schweigen. Jeder dachte über den Inhalt des Schreibens nach und was das für sie alle bedeutete.

„Wie geht es jetzt weiter?", durchbrach Aurora die Stille.

Boynen legte seinen Arm um ihre Schultern. „Wir segeln sofort nach Brondholm und helfen deinem Vater." An Fürstin Christina gewandt, fuhr er fort: „Und du sagst den Gästen bitte, dass die Verlobung heute nicht stattfindet. Sie müssen ja nicht alles wissen – vielleicht könntest du einfach sagen, dass Aurora und ich wegen eines Notfalls sofort abreisen müssen."

Fürstin Christina nickte. „So machen wir es. Doch vorher sollten wir mit Graf Niklas reden und ihn an die Vereinbarung mit dem Schatz erinnern."

Sie baten also den Grafen, sich mit ihnen zusammenzusetzen, und erzählten ihm von Fürst Arthurs Vorhaben. Daraufhin blickte er Fürstin Christina, Aurora und Käpten Sturm belustigt an. „So ein Unsinn! Ihr glaubt doch wohl selbst nicht, dass es diesen seltsamen Schatz wirklich gibt. Nein, auf so einen Schwachsinn kann ich unmöglich eingehen."

Käpten Sturm räusperte sich ärgerlich. „Soll das etwa heißen, dass Ihr Euch nicht an die Vereinbarungen halten wollt, Graf Niklas? Denkt daran: Adel verpflichtet und Verträge muss man einhalten. Dieser Satz stammt von Euch, mein lieber Graf Niklas von Skandinavien."

„Na gut, ich bin einverstanden. Auch wenn ich nicht glaube, dass es diesen grünen Diamanten wirklich gibt: Falls es euch gelingen sollte, diese Höhle zu finden und den Schatz darin zu bergen, dann nehme ich den Schatz, und Käpten Sturm bekommt Aurora. Ich gebe Euch zwei Monate Zeit, also bis zu Auroras Geburtstag – keinen Tag länger!"

„Wir nehmen Euch beim Wort", erklärte Fürstin Christina.

„Ja, tut das", brummte Graf Niklas und wandte sich ab.

Kurze Zeit später waren Boynen und Aurora allein. „Würdest du mich etwa diesem gemeinen Kerl überlassen, falls wir den Schatz aus irgendeinem Grund nicht finden können?", fragte Aurora mit Tränen in den Augen.

„Niemals!", sagte Boynen nachdrücklich.

Aurora blickte ihn unsicher an. „Aber Adel verpflichtet – und Verträge muss man doch einhalten! Ist es nicht so?"

Boynen strich ihr sanft über die Wange. „Vertrau mir einfach! Dieser Halunke bekommt dich nicht, so wahr ich Käpten Wilbert Boynen Sturm heiße!"

Fürst Arthur von Waldmünde sah sich um. Niemand war ihm gefolgt, seitdem er im Hafen von Brondholm das Schiff verlassen hatte. Das war gut so. Denn was er jetzt vorhatte, war nicht ungefährlich. Diese Insel wimmelte nur so von Piraten.

Mit zusammengekniffenen Augen betrachtete Fürst Arthur ein uraltes Steinhaus, das in einen großen Felsen eingebaut war. Er kannte dieses Haus gut, weil es eigentlich ihm selbst gehörte. Doch leider nützte ihm das überhaupt nichts. Auf der Insel Brondholm zählte weder Recht noch Gesetz, hier hatten die Piraten das Sagen. Und einer dieser Piraten, ein gemeiner Kerl mit dem Namen Edgar Löfgren, wohnte jetzt in dem Felsenhaus. Obwohl es seit vielen Generationen Eigentum der Fürstenfamilie von Waldmünde war.

Fürst Arthur war sehr ärgerlich darüber, aber er konnte nichts dagegen unternehmen.

Er war hierher gereist, weil es ein Geheimnis gab, das nur er, Fürst Arthur von Waldmünde, kannte: Vom Keller des Felsenhauses führte ein Geheimgang zu einem Verlies, das sich unter einer alten Kirche befand. In diesem Verlies lag die Schatzkarte, die den Weg zum grünen Diamanten beschrieb.

Als es dunkel war, schlich Fürst Arthur durch den verwilderten Garten des Steinhauses und trat vor eine Kellertür. Sie war abgeschlossen, doch das war kein Problem. Da ihm das Haus gehörte, besaß Fürst Arthur einen Schlüssel dafür, den er nun ins Schloss steckte. Er drehte ihn herum und drückte die schwere

Eisenklinke hinunter. Ein lautes Quietschen ließ ihn zusammenzucken. Fürst Arthur hielt inne und lauschte. Aber alles blieb still.

Er musste vorsichtiger sein! Vor allem musste er unbedingt etwas gegen das Quietschen unternehmen. Zum Glück hatte er vorgesorgt! Fürst Arthur holte ein kleines Gefäß aus seiner Tasche und schmierte ein wenig Schmalz an die verrosteten Scharniere – mit dem gewünschten Erfolg. Die Tür ließ sich jetzt ohne Geräusche öffnen. Leise schlüpfte er in den Keller hinein und zog die Tür lautlos hinter sich zu.

In dem Kellerraum war es stockdunkel, es roch dumpf und muffig. Fürst Arthurs Herz klopfte vor Aufregung. Er atmete tief durch und lauschte erneut. Um etwas sehen zu können, zündete er eine Öllampe an und versuchte, sich daran zu erinnern, wo sich der Anfang des Geheimgangs befand. Langsam durchquerte er das Kellergewölbe und erreichte kurz darauf eine Steinwand.

Da ertönte hinter ihm plötzlich eine laute Stimme. „Ach, sieh da, ein Einbrecher! Bleib stehen und mach keinen Blödsinn! Ich habe meine Pistole auf dich gerichtet. Die Hände hoch! Und jetzt drehst du dich langsam um."

Fürst Arthur gehorchte widerstrebend.

Vor ihm stand Edgar Löfgren. „Du bist ein totaler Dummkopf!", fauchte Edgar. „Weißt du, was ich jetzt mit dir mache? Ich werde dich ins Gefängnis stecken. Mitkommen!"

„Ich bin kein Verbrecher!", stammelte Fürst Arthur. „Das Haus gehört mir ..."

„Halt den Mund!", brüllte Edgar. „Ich habe dich auf frischer Tat beim Einbrechen erwischt. Dafür wanderst du für zehn Jahre ins Gefängnis."

Wenig später saß Fürst Arthur von Waldmünde im Turm einer gut gesicherten Festung, die sich auf einem grünen Hügel der Insel Brondholm befand. Niemand hatte ihm zuhören wollen.

4. Papas Geheimnis

Opa Abraham schlug das Logbuch zu und sah auf. „So, für heute haben wir genug gelesen."

Wie immer protestierten Lenny und Anne heftig. Doch Mama ließ keine Diskussion zu. „Langsam solltet ihr aber mal wissen, dass euer Nörgeln bei mir auf taube Ohren stößt. Denkt dran – morgen müsst ihr wieder in die Schule. Es ist Zeit, ins Bett zu gehen."

Widerwillig standen Lenny und Anne auf. Dann begann der alltägliche Wettlauf zwischen den beiden. Sie stürmten die Treppe hinauf. Lenny war wieder einmal am schnellsten oben, eilte ins Bad und schloss die Tür ab, damit Anne ihm nicht folgen konnte. Er setzte sich aufs Klo und dachte in Ruhe über alles nach, was sie erlebt hatten. Wie schön, dass sie endlich das fünfte Logbuch gefunden hatten. Nur – warum konnten sich seine Eltern nicht richtig darüber freuen? Warum hatten sie so schlechte Laune? Was war los? Und warum taten sie so geheimnisvoll?

Lenny hätte bestimmt noch lange Zeit auf dem Klo verbracht, wenn Anne nicht mit beiden Händen ärgerlich an die Badezimmertür gehämmert hätte. „Sag mal, spinnst du? Ich warte jetzt schon fast zehn Minuten darauf, mir endlich die Zähne putzen zu können. Bist du eingeschlafen oder warum brauchst du so lange? Du weißt doch, dass ich auch ins Bad muss."

Achselzuckend stand Lenny auf, wusch sich die Hände und öffnete die Tür.

Anne rümpfte die Nase. „Hier stinkt's!", wetterte sie, lief zum Fenster und riss es auf. „So, jetzt ist die Luft wieder erträglich", erklärte sie kurz darauf.

Beide kramten ihre Zahnbürsten hervor und putzten sich nebeneinander die Zähne.

„Weißt du, was mit Papa los ist?", fragte Lenny nachdenklich. „Warum haben alle so eine schlechte Laune?"

„Keine Ahnung", nuschelte Anne neben ihm, spuckte Zahnpasta ins Waschbecken und spülte ihren Mund aus. „Wir müssen Geduld haben. Sie werden es uns schon noch sagen."

Lenny war inzwischen ebenfalls fertig mit Zähneputzen und schüttelte energisch den Kopf. „So viel Geduld habe ich nicht. Nein, ich will jetzt wissen, was los ist!"

„Und wie willst du das herausfinden?", erkundigte sich Anne.

Lenny grinste geheimnisvoll. „Das lass mal meine Sorge sein."

Anne verstand sofort, was er meinte. „Du willst sie belauschen?"

„Genau, ich verschanze mich im Geheimversteck neben dem Schlafzimmer und spitze meine Ohren. Mal sehen, was ich herausfinde."

Eine halbe Stunde später öffnete Lenny in seinem Zimmer eine verborgene Tür, die er Monate zuvor durch Zufall entdeckt hatte. Sie führte zu einem Geheimgang, über den man von seinem Zimmer direkt auf den Dachboden gelangen konnte. Zwar gab es auch den regulären Weg über den Flur und die breite Holzleiter. Aber Lenny wollte vermeiden, dass seine Eltern ihn auf dem Flur sahen und Fragen stellten.

Deshalb kletterte er in den Schacht, der über dem Geheimversteck senkrecht nach oben verlief. An der Wand des Schachts waren Metallsprossen befestigt, sodass Lenny leicht hinaufsteigen konnte. Der Geheimgang endete in einem alten Schrank. Lenny verließ diesen Schrank und schlich auf die westliche Seite des Dachbodens. Dort rollte er erneut den Teppich zur Seite, öffnete die Klapptür und kletterte über die Eisenleiter einen Stock tiefer.

Im neuen Geheimversteck angekommen, setzte er sich auf den schmutzigen Boden und wartete. Nach zwanzig Minuten

hörte er, wie seine Eltern das Schlafzimmer betraten. Zu seiner Freude waren ihre Stimmen laut und deutlich zu vernehmen.

„Schlafen die Kinder schon?"

„Ich glaube schon, Viola."

„Wie geht es dir denn, mein Schatz?", fragte Mama besorgt.

„Keine Ahnung, ob ich schlafen kann – ich fühle mich ganz elend."

Lenny horchte auf. Erfuhr er jetzt endlich, was los war?

„Das kann ich gut verstehen. Unglaublich, dass dir der Chef der Hotelkette, Herr Antonello, einfach so gekündigt hat. Was hat er denn als Grund angegeben?"

„Das ist ja das Kuriose. Nichts! Er hat mich entlassen, ohne dafür einen Grund zu nennen. In dem Schreiben heißt es nur ‚Kündigung innerhalb der Probezeit'."

„Ab wann bist du gekündigt?"

„Na, das ist ja das Furchtbare – ab Ende des Monats. Das ist schon in ein paar Tagen. Und ab nächsten Monat bekomme ich dann kein Gehalt mehr und muss Arbeitslosengeld beantragen."

Beide schwiegen. Dann fuhr Papa fort: „Ich hatte mich so gefreut, dass ich Manager dieses tollen Hotels geworden bin. Und jetzt so etwas. Ich kann es fast nicht glauben."

„Aber der Chef der Hotelkette war doch immer so zufrieden mit dir. Warum hat er seine Meinung geändert? Das verstehe ich nicht."

Papa seufzte. „Vielleicht liegt es daran, dass ich das Finanzamt nicht betrügen wollte. Stell dir vor – er hat von mir verlangt, dass ich nur einen Teil der Einnahmen aufschreibe, damit das Hotel am Ende des Jahres nicht so hohe Steuern zahlen muss. Anscheinend hat er das vorher auch immer so gemacht."

„Aber du hast dich geweigert, diesen Betrug mitzumachen?"

„Ja. Vor drei Tagen sagte ich ihm, dass ich es als Christ nicht mit meinem Gewissen vereinbaren kann, zu lügen und zu betrügen."

„Und wie hat er darauf reagiert?"

„Na ja, er meinte, dass ich mir das lieber noch einmal überlegen solle. Doch ich habe mich nicht umstimmen lassen."

„Und dann?"

„Den Rest kennst du. Heute Mittag lag die schriftliche Kündigung in unserem Briefkasten. Es ist ein Elend."

„Das tut mir so leid, Schatz. Dein Chef, dieser Herr Antonello, ist ein ganz gemeiner Kerl. Der hat so einen guten und ehrlichen Mitarbeiter wie dich gar nicht verdient."

Beide schwiegen.

„Aber du hast richtig gehandelt, Andreas. Man muss Gott mehr gehorchen als den Menschen."

Lenny hörte Papa erneut seufzen. „Klar, aber du weißt selbst, dass wir der Bank sehr viel Geld schulden wegen unseres Hauses. Wenn ich nichts mehr verdiene, können wir die vereinbarten Raten für das Haus nicht mehr bezahlen. Das Arbeitslosengeld reicht dafür nicht aus. Und dann nehmen sie uns das Schmugglerhaus weg und werfen uns raus, so einfach ist das. Das macht mir Sorgen."

„Ach, Andreas, lass uns bitte über etwas anderes reden ..."

Auch Lenny hatte inzwischen genug gehört. Die Sache war ganz simpel: Die Bank hatte Papa und Mama viel Geld geliehen, damit sie das Haus kaufen konnten. Von diesem Betrag mussten sie der Bank nun jeden Monat einen kleinen Teil zurückzahlen. Wenn sie nicht mehr genug Geld für diese monatlichen Raten hatten, würde man sie zwingen, aus dem Schmugglerhaus auszuziehen.

Lenny schluckte. Diese Neuigkeiten waren eine totale Katastrophe für sie alle.

Er kehrte in sein Zimmer zurück, legte sich ins Bett, machte das Licht aus und versuchte einzuschlafen. Doch in seinem Kopf schien sich alles zu drehen. Unruhig wälzte er sich hin und her.

Er musste dauernd an das denken, was er eben gehört hatte. Erst sehr viel später fiel Lenny in einen unruhigen Schlaf.

Um fünf Uhr morgens kam Anne in Lennys Zimmer und rüttelte ihn wach. „Kannst du mir mal erzählen, was du gestern Abend herausgefunden hast?"

Lenny gähnte laut und griff automatisch erst einmal nach seinem Wecker. „Anne! Weißt du nicht, wie viel Uhr es ist? Was machst du hier? Warum weckst du mich?"

„Weil ich nicht mehr schlafen kann. Und weil ich neugierig bin."

Lenny richtete sich auf. „Ich hatte eine lausige Nacht voller Albträume. Es war einfach nur schrecklich. Und es gibt ganz schlechte Nachrichten ..." Er erzählte seiner Schwester, was er am Vorabend mitbekommen hatte. Und er berichtete ihr auch, dass sie womöglich von hier wegziehen mussten.

Anne erschrak so sehr, dass sie zu weinen begann. Lenny konnte sie nicht einmal trösten, weil ihm selbst ganz elend zumute war. „Und weißt du, wer an allem schuld ist?", fragte er niedergeschlagen.

„Nein."

„Herr Antonello, Papas Chef. Der ist total fies. Stell dir vor: Er hat Papa gekündigt, nur weil der ehrlich war und nicht betrügen wollte."

„So ein gemeiner Kerl!", schluchzte Anne.

„Ja, so ein Schuft!"

Plötzlich sprang Lenny auf. „Du, Anne! Das können wir ihm nicht einfach so durchgehen lassen."

Anne sah ihn erwartungsvoll an.

„Wir knöpfen uns Papas Chef vor! Der kann etwas erleben!"

Seine Schwester rieb sich die Tränen aus den Augen. „Ich bin dabei!"

5. Lenny und Anne legen los

Zunächst gingen Lenny und Anne noch einmal in ihre Betten und schliefen sofort wieder ein. Lenny dachte nicht daran, dass er vorhin, ohne nachzudenken, seinen Wecker ausgeschaltet hatte. Als er anderthalb Stunden später aufwachte, wollte er seinen Augen nicht trauen. „Was? Schon halb sieben? Das darf doch wohl nicht wahr sein!"

Er sprang auf, schlüpfte in seine Hausschuhe und lief sofort ins Zimmer seiner Schwester. „Aufstehen, du Schlafmütze! Wir haben verpennt."

Anne richtete sich gähnend auf. „Aber wie kann das sein? Ich dachte, du hast einen Wecker."

„Habe ich auch. Aber leider habe ich ihn ausgemacht, als du mich um fünf Uhr aus dem Schlaf gerissen hast."

„Und warum hat uns Mama nicht geweckt? Die weiß doch, dass wir eigentlich um sechs aufstehen müssen."

In diesem Augenblick stürzte Mama ins Zimmer. Sie war ebenfalls noch ganz verschlafen. „Tut mir leid, ihr beiden. Aber gestern Abend habe ich vergessen, den Wecker zu stellen. Ich weiß auch nicht, warum."

Lenny musste lachen. „So etwas ist ja noch nie passiert. Wir haben alle verschlafen." Er sah auf Annes Armbanduhr, die auf ihrem Nachttisch lag. „Los, wir müssen uns beeilen. Sonst bekommen wir den Bus nicht mehr."

Mama machte in Rekordzeit Frühstück, das die beiden eilig hinunterschlangen. Dann zogen sie sich ihre Straßenschuhe an, verließen das Haus und eilten zur Bushaltestelle. Sie kamen gerade noch rechtzeitig. Der Bus hielt und nahm sie mit.

Im Bus setzten sich die Geschwister nebeneinander. Lenny kam gleich zur Sache. „Wir müssen heute noch zuschlagen."

„Wieso?", fragte Anne.

„Weil wir heute sturmfreie Bude haben. Du weißt doch, dass Mama, Papa, Opa Abraham und Oma Sarah heute nicht daheim sind. Die kriegen es gar nicht mit, wenn wir später nach Hause kommen. Das ist die Gelegenheit."

Anne nickte. „Stimmt."

Lenny fuhr fort: „Wenn wir uns Papas Chef vorknöpfen wollen, dann brauchen wir Unterstützung. Bist du einverstanden, dass ich Mario um Hilfe bitte?"

„Du meinst deinen italienischen Freund?"

„Ja, der wird uns sicherlich helfen, nach all dem, was wir für ihn getan haben. Außerdem – es geht immerhin um Papas Ehre. Italiener haben dafür Verständnis – glaube ich zumindest."

„Sollen wir Opa Abraham ebenfalls einweihen?", fragte Anne.

„Nein, ich denke es ist besser, wenn kein Erwachsener davon weiß. Ich habe zwar Vertrauen zu Opa Abraham, aber wenn er hört, was wir vorhaben, ist er sicher nicht damit einverstanden. Wir müssen allein klarkommen."

Beide schwiegen.

„Darf ich meinen Freundinnen verraten, was wir vorhaben? Vielleicht können die uns helfen."

„Auf keinen Fall. Es reicht, wenn wir Mario als Experten dazunehmen. Am besten treffen wir uns gleich in der ersten Hofpause. Alles Weitere besprechen wir dann."

„In Ordnung."

Einige Zeit später standen Lenny und Anne auf dem Schulhof, um sogenannte „Maßnahmen" gegen Herrn Antonello zu beschließen. Lenny hatte tatsächlich seinen Freund Mario Tomasi überreden können, dabei zu sein. Er war fest davon überzeugt, dass Mario als Italiener ein Händchen dafür haben würde. Denn in Mafiafilmen spielten ja auch Italiener die Hauptrollen.

Doch damit lag er komplett falsch. Mario war überhaupt nicht begeistert und sah Lenny und Anne mit großen Augen an, nachdem sie ihm alles erzählt hatten. „Verstehe ich das richtig? Ihr wollt euch also ... Herrn Antonello vorknöpfen?!? Im Ernst?"

Lenny und Anne nickten.

„Ja, der gemeine Kerl hat es wirklich verdient", erklärte Anne.

„Denk dran, der Typ hat Papa entlassen, nur weil er ehrlich sein wollte und beim Betrügen nicht mitgemacht hat", fügte Lenny hinzu.

Mario blieb skeptisch. „Und was soll diese Aktion bringen?"

Lenny runzelte die Stirn. „Ich finde, was er getan hat, können wir ihm nicht durchgehen lassen. Der Schuft muss kapieren, dass er so etwas mit uns nicht machen kann. Und vergiss nicht – wir haben dir vor Kurzem auch aus der Patsche geholfen."

„Also, ich weiß nicht. Ich kenne Herrn Antonello. Er ist meiner Meinung nach ein richtig netter Kerl. Und noch dazu ist er ein gern gesehener Gast in der Pizzeria meines Vaters. Ich kann es mir nicht leisten, ihn zu verärgern", wandte Mario ein.

Lenny winkte ab. „Ach, der wird niemals erfahren, dass du uns geholfen hast. Und schließlich haben wir uns ja auch für dich eingesetzt, als du uns gebraucht hast."

Mario gab sich einen Ruck. „Na gut. Ich schaue mal, was ich für euch tun kann. Habt ihr schon irgendwelche Ideen?"

Lennys Augen leuchteten. „Und ob ..."

Nach der Schule schlenderten Lenny, Anne und Mario durch Bodenwald.

„Erwarten euch eure Eltern nicht zum Mittagessen?", fragte Mario verwundert.

Lenny schüttelte den Kopf. „Nein, bei uns ist heute niemand zu Hause. Meine Eltern sind mit Oma Sarah und Opa Abraham zusammen nach Rostock gefahren. Ob wir uns das Mittagessen aus dem Kühlschrank jetzt oder erst drei Stunden später aufwärmen, spielt keine Rolle."

„Wisst ihr eigentlich, wo Herr Antonello wohnt?", erkundigte sich Mario.

„Nein …", mussten Lenny und Anne zugeben.

„Aber ich weiß es", verkündete Mario stolz. „Kommt!" Er führte sie an den Ortsrand zu einer Villa, die vollständig mit Efeu bewachsen war. „In diesem Haus wohnt er."

„Das sieht ziemlich unheimlich aus", flüsterte Anne, der die Villa überhaupt nicht gefiel.

Mario nickte. „Ja, finde ich auch. Er wohnt dort allein, weil seine Frau ihn vor ein paar Jahren verlassen hat. Kinder hat er keine."

Sie liefen am Zaun entlang um die Villa herum und sahen sich das ganze Grundstück von außen an. Dabei entdeckten sie eine Garage, deren Tor geöffnet war. Sie war leer. Mario pfiff durch die Zähne. „Ihr habt Glück. Wie es aussieht, ist Herr Antonello mit dem Auto fortgefahren."

Lenny freute sich. „Das ist gut. Dann haben wir freie Bahn. Kommst du mit, Mario?"

Doch sein Freund schüttelte den Kopf. „Seid mir bitte nicht böse, aber ich bleibe dabei: Herr Antonello ist ein guter Kunde meines Vaters. Ich will meinem Vater auf keinen Fall Ärger machen. Aber andererseits möchte ich euch auch nicht im Stich lassen. Deshalb stehe ich am besten Schmiere. Und wenn Gefahr droht, warne ich euch."

„Wie denn?", fragte Anne.

Mario legte seine Hände an den Mund und ahmte den Schrei einer Eule nach. „Wenn ihr eine Eule hört, wisst ihr, dass jemand kommt. Dann müsst ihr euch ganz schnell verstecken."

Also betraten Lenny und Anne zu zweit das Gelände der Villa und sahen sich überall um. Als sie damit fertig waren, erklärte Lenny zufrieden: „Einiges von dem, was wir benötigen, befindet sich auf dem Grundstück. Den Rest besorgen wir uns irgendwo anders. Komm, Anne, wir müssen uns beeilen."

Eine Stunde später kehrten sie mit allem, was ihnen noch gefehlt hatte, zur Villa zurück. Sie stellten erleichtert fest, dass Herr Antonello immer noch fort war. Mario postierte sich wieder am Eingang und hielt Wache, während Lenny und Anne zur Tat schritten.

Lenny machte sich gerade an der Haustürklinke der Villa zu schaffen, als der Ruf einer Eule erklang.

Erschrocken starrte Anne ihren Bruder an. „War das Mario?"

Lenny nickte. „Ja, er warnt uns. Los, wir müssen uns sofort verstecken. Es kommt jemand."

Rasch sahen sie sich nach einem Versteck um. Da fiel ihnen an der Hauswand ein großer Stapel Brennholz ins Auge. „Dahinter sieht uns niemand", vermutete Lenny und zwängte sich zwischen Holz und Hauswand.

Anne blieb stehen. „Sind da ... Spinnen?"

„Hab keine gesehen! Los, komm. Beeil dich!"

Anne holte tief Luft und folgte ihrem Bruder hinter den Stapel. Schnell entfernte Lenny alle Spinnweben, weil er befürchten musste, dass Anne laut aufschrie. Dann kauerten sie sich auf den Boden und warteten.

Auf einmal hörten sie, wie sich das Gartentor öffnete. „Jemand kommt!", hauchte Lenny.

Anne legte den Finger auf den Mund: „Pssst!"

Sekunden später sahen sie einen schwarz gekleideten Mann. Er lief direkt auf das Haus zu und blieb schließlich stehen. Mit seinen Augen suchte er die Umgebung ab und lauschte. Er musterte die Haustür, vor der sie eben noch gestanden hatten. Zuletzt blickte er auf den Holzstapel, hinter dem sich Lenny und Anne befanden. Das Holz im Visier, kam er immer näher. Jetzt war er nur noch drei Meter entfernt.

Lenny und Anne wussten: Wenn er noch näher kam, würde er sie entdecken. Annes Herz klopfte so laut, dass sie den Eindruck hatte, jeder müsse es hören.

Da ertönte vom Gartentor her eine Stimme. „Hallo, Sie! Was machen Sie da im Garten von Herrn Antonello?"

Es war Marios Stimme.

Der Mann drehte sich um und ging zum Eingang des Grundstücks zurück. „Ich bin ein Nachbar von Herrn Antonello und habe ein Geräusch gehört. Ich wollte mal nach dem Rechten sehen. Man weiß ja nie."

„Da bin ich aber beruhigt. Ich dachte schon, Sie wären ein Einbrecher und ich müsste die Polizei anrufen."

„Nein, nein, nein!", sagte der Mann. „Es ist alles in Ordnung. Niemand ist hier."

„Gut, dass Sie nachgesehen haben. Dann brauche ich also wirklich nicht die Polizei zu rufen?"

„Nein, keine Polizei. Die fehlte uns gerade noch. Ich habe sie vor Kurzem schon mal gerufen, und es war nichts. Bloß keine Polizei." Kopfschüttelnd verließ der Nachbar das Grundstück und kehrte zu seinem Haus zurück.

Lenny und Anne atmeten erleichtert auf. Mario hatte ihnen durch seine Genialität perfekt aus der Patsche geholfen. Lenny trat hinter dem Holzstapel hervor, winkte Mario zu und streckte seinen Daumen hoch. Sein Freund grinste und erwiderte die Geste. Eifrig machten die Geschwister sich nun wieder ans Werk. Eine Stunde später verließen sie das Grundstück.

Während Anne irgendwie ein schlechtes Gefühl bei der Sache hatte, lachte Lenny nur schadenfroh. „Herr Antonello wird sein blaues Wunder erleben! Schade, dass wir ihn nicht beobachten können, wenn ihm ein paar Missgeschicke passieren. So, und jetzt ab nach Hause!" Er wandte sich an Mario: „Vielen Dank für deine Unterstützung. Du warst eben echt genial."

„Keine Ursache. Und du bist mir wirklich nicht böse, dass ich euch nicht aufs Grundstück begleitet habe?"

„Nein, du hast da draußen einen viel besseren Job gemacht."

Sie verabschiedeten sich voneinander.

Als Mama, Papa, Opa Abraham und Oma Sarah am frühen Abend zurückkehrten, fragte niemand, was Lenny und Anne den ganzen Tag getan hatten. Die ganze Familie versammelte sich zum Abendessen, um anschließend mit der gemeinsamen Leserunde fortzufahren. Und während sie die Fortsetzung von Käpten Sturms Logbuch lasen, dachten weder Lenny noch Anne daran, was Herrn Antonello bei seiner Rückkehr erwartete.

6. KURS BRONDHOLM

Noch am selben Tag stach Käpten Sturms Schiff in See. Leider wehte nur ein mäßiger Wind, sodass die *Esmeralda* nicht ganz so schnell vorankam. Aber bis nach Brondholm war es ohnehin nur ein Katzensprung.

Safira machte es gar nichts aus, dass die Fahrt etwas länger dauerte als geplant. Wieder einmal saß sie hoch oben in der Takelage und genoss die kühle, frische Brise, die ihre rötlich braunen Haare durcheinanderwirbelte. Sie liebte den salzigen Geschmack im Mund und den Blick auf das weite, offene Meer. Voller Freude sog sie die frische Meeresluft ein, die ihr ein Gefühl vollkommener Freiheit bescherte.

Nach einiger Zeit sah sie, wie Boynen, Brummel und Seebär an Deck kamen. Das war für Safira das Signal, sich möglichst schnell nach unten zu begeben. Denn sie wollte auf keinen Fall etwas Wichtiges verpassen, das womöglich dort besprochen wurde.

In rasantem Tempo ließ sie sich an einem Seil hinunter. Sekunden später hing Safira bereits kopfüber direkt hinter dem Rücken der drei Männer, ohne dass diese das bemerkten. Sie räusperte sich. „Wisst ihr eigentlich schon, wie das Ganze ablaufen soll?"

Verwundert drehten sich die Freunde zu ihr herum. „Wo kommst du denn auf einmal her?", fragte Boynen lachend. „Es ist einfach unfassbar, wie geräuschlos du dich bewegst."

Brummel musste grinsen. „Stimmt. Wir haben dich gar nicht kommen sehen."

Safira machte einen Salto und stand gleich darauf neben den drei Seeleuten. „Lenkt nicht ab! Ich habe euch eine Frage gestellt."

„Und ungeduldig ist sie auch noch", kicherte Seebär. „Wieder einmal. Von wem sie das gelernt hat?"

Safira merkte, dass sie sich wohl ein wenig im Ton vergriffen hatte. Von einem elfjährigen Mädchen wurde erwartet, dass es mehr Respekt gegenüber einem Kapitän und seiner Mannschaft zeigte. Deshalb zuckte sie entschuldigend mit den Achseln. „Tut mir leid, wenn ich zu frech war. Ich kann es nur kaum erwarten, eure Pläne zu hören!"

„Schon gut, Safira. Wir wissen ja, dass du es nicht böse meinst", erwiderte Boynen gutmütig. „In zwei Stunden müssten wir die Insel erreichen. Sobald wir an Land sind, werden wir uns nach Fürst Arthur erkundigen."

„Und dann?", fragte Safira gespannt.

„Mehr musst du im Augenblick nicht wissen", schmunzelte Boynen. „So, und jetzt würde ich dich bitten, uns drei Männer allein zu lassen. Ich habe mit Brummel und Seebär noch etwas Wichtiges zu besprechen, das nur uns drei etwas angeht. Am besten kletterst du wieder auf deinen Lieblingsplatz am Fockmast und meldest es uns, sobald du die Insel siehst."

Safira platzte zwar vor Neugierde, aber sie wusste, wann sie sich geschlagen geben musste. „Aye, aye, Sir!", sagte sie daher förmlich und verschwand blitzschnell in der Takelage.

Boynen wandte sich an seine beiden besten Matrosen und engsten Freunde. „So, und jetzt zu euch. Wir müssen sehr vorsichtig sein. Niemand darf mitbekommen, was wir auf Brondholm vorhaben. Vor allem darf niemand erfahren, dass wir nach Fürst Arthur von Waldmünde suchen. Der Schwarze Pirat hat überall seine Spitzel. Ihr beide geht in die nächste Hafenkneipe und haltet dort Augen und Ohren auf. Benehmt euch wie ganz normale Seeleute, die einfach nur etwas trinken und essen wollen. Vielleicht bekommt ihr etwas heraus."

„Und warum durfte das Safira nicht hören?", erkundigte sich Brummel.

Boynen lächelte verschmitzt. „Safira ist sehr mutig und aufgeweckt, das hat sie schon oft bewiesen. Aber für ein Mädchen ihres Alters ist sie manchmal ein wenig zu respektlos. Kein anderer Kapitän würde so ein Verhalten durchgehen lassen. Außerdem muss sie lernen, geduldiger zu sein. Deshalb werde ich ihr alles erst später erklären."

Das leuchtete Brummel ein.

Mehrere Seemeilen entfernt setzte der Schwarze Pirat sein Fernrohr ab und sah zornig zu Albin hinüber. „Wenn du nicht so blöd gewesen wärst, dir von einer dahergelaufenen Göre den Brief abnehmen zu lassen, dann hätten wir die wertvolle Schatzkarte vielleicht jetzt schon in den Händen."

Albin schwieg, doch der erste Offizier des Piratenschiffs verteidigte ihn. „Na ja, wir sollten nicht ungerecht sein. Ohne Albin wüssten wir überhaupt nichts von einer Schatzkarte. Außerdem hat er vor einer halben Stunde die *Esmeralda* entdeckt und damit seinen Fehler schon fast wiedergutgemacht. Jetzt brauchen wir Käpten Sturm nur noch zu folgen. Er wird uns direkt zu Fürst Arthur und damit zur Schatzkarte führen."

Aber das passte dem Schwarzen Piraten nun auch wieder nicht. „Schnauze halten! Alle! Ich hasse es, wenn man mir widerspricht", brüllte er wütend. „Und damit eines klar ist: Ohne Albins Dummheit hätten wir es nur mit Fürst Arthur zu tun gehabt. Jetzt haben wir zusätzlich noch Käpten Sturm an der Backe. Glaubt mir, der lässt sich nicht so einfach kleinkriegen. Nein, der steckt euch mit seiner Klugheit alle in den Sack."

Stirnrunzelnd setzte der Piratenkapitän wieder das Fernrohr an und blickte zur *Esmeralda* hinüber. Er versuchte herauszufinden, welches Ziel Käpten Sturm hatte.

Plötzlich fing er schallend an zu lachen, klatschte vor Begeisterung in die Hände und sah gut gelaunt in die Runde. Er war wie ausgewechselt. „Leute, wir haben pures Glück. Käpten Sturm reist nach Brondholm – hört ihr, nach Brondholm! Dort wimmelt es nur so von unseren Leuten. Der begibt sich doch tatsächlich, ohne es zu wissen, in die Höhle des Löwen." Entschlossen ballte der Schwarze Pirat seine rechte Hand zur Faust und schrie in den Wind hinein: „Käpten Sturm! Zieh dich warm an! Denn auf der Insel Brondholm habe *ich* das Sagen!"

Es war bereits dunkel. Die *Esmeralda* hatte in der Nähe der Insel Brondholm den Anker geworfen. Um nicht aufzufallen, ruderten nur Käpten Sturm, Safira, Brummel und Seebär in einem kleinen Boot zum einzigen Hafen der Insel hinüber. Dort teilten sie sich auf.

Während sich Boynen und Safira im Hafen umsahen, marschierten Brummel und Seebär gleich in die nächste Kneipe. Niemand achtete auf sie, weil sie sich still verhielten und wie ganz gewöhnliche Seeleute gekleidet waren. Doch sie spitzten die Ohren und achteten genau darauf, was so alles geredet wurde. Dabei bekamen sie ein Gespräch mit, das ein Soldat mit dem Besitzer der Kneipe führte.

„Und, Sven, was gibt's Neues?", fragte der finster dreinblickende Wirt.

„Nichts Besonderes ... außer dass heute ein gut gekleideter Mann eingesperrt wurde. Anscheinend stammt er vom Festland, jedenfalls redet er so."

„Was wirft man ihm vor?"

„Er wurde auf frischer Tat beim Einbrechen erwischt, dieser Dummkopf. Jetzt sitzt er in einer Zelle in der Festung und wartet auf seine Verurteilung."

„Wie heißt der Mann?"

„Das wissen wir nicht. Er wollte seinen Namen nicht verraten." Der Soldat beschrieb dem Wirt, wie der Gefangene aussah.

Entsetzt schauten sich Brummel und Seebär an, denn die Beschreibung passte ganz genau auf Fürst Arthur von Waldmünde.

Der Soldat genehmigte sich einen Schluck Rum und sprach weiter. „Dass wir seinen Namen nicht kennen, macht überhaupt nichts. Für seinen Einbruch muss der Übeltäter zehn Jahre in den Knast, bei Wasser und Brot, das ist sicher." Er trank einen weiteren Schluck und rülpste. „Der wird seinen Einbruch noch bitter bereuen, dieser dumme Kerl."

„Und was gibt es sonst noch für Neuigkeiten?"

Doch Brummel und Seebär hatten genug gehört. Sie leerten ihre Becher und verließen unauffällig das Lokal. Kurz darauf trafen sie Boynen und Safira, die anscheinend ebenfalls etwas herausgefunden hatten.

„Ihr zuerst!", forderte Boynen sie auf.

„Fürst Arthur von Waldmünde steckt in großen Schwierigkeiten", berichtete Brummel niedergeschlagen.

Seebär nickte. „Ja, das stimmt leider. Wie es aussieht, wurde er auf frischer Tat beim Einbrechen erwischt. Er sitzt jetzt in dieser Festung dort oben. Da wartet er auf seine Verurteilung.

Wenn er morgen schuldig gesprochen wird, muss er für zehn Jahre ins Gefängnis."

„Das hört sich ja gar nicht gut an", erwiderte Boynen stirnrunzelnd. „Leider haben Safira und ich auch keine besseren Neuigkeiten für euch. Eine ältere Frau hat uns erzählt, dass diese Insel ein wahres Piratennest ist. Alles hier wird wohl vom Schwarzen Piraten kontrolliert. Selbst wenn Fürst Arthur seine Unschuld beweisen könnte, würde er niemals freigelassen werden, das ist sicher."

Boynen sah zu dem Hügel hinauf, auf dem sich die Festung befand, und dachte nach. „Wir müssen etwas unternehmen, und zwar noch heute Nacht. Doch vorher müssen wir unbedingt noch weitere Erkundigungen einziehen ..."

Traurig blickte Fürst Arthur von Waldmünde aus dem Fenster seiner Zelle, die sich in einem Turm der Festung befand. Wie dumm er doch gehandelt hatte! Bei dem Versuch, die Fehler seiner Vergangenheit wiedergutzumachen, hatte er alles nur noch viel schlimmer gemacht. Jetzt saß er im Gefängnis, obwohl er unschuldig war. Niemand interessierte sich dafür, dass er ja eigentlich der rechtmäßige Besitzer des Felsenhauses war und damit kein Einbrecher sein konnte. Man wollte ihm gar nicht erst zuhören. Fürst Arthur wusste, warum: Piraten liebten das Unrecht. So war das nun einmal. Es war zum Verzweifeln!

Auf einmal hörte er ein Geräusch: An der Außenwand unterhalb des Fensters scharrte irgendetwas. Dann ertönte eine vertraute Stimme: „Hallo! Fürst Arthur von Waldmünde, seid Ihr in dieser Zelle?"

Der Gefangene beugte sich vor, bis sein Kopf die Gitterstäbe berührten. Doch er konnte nichts sehen. „Ja, ich bin's. Mit wem spreche ich?"

„Mit Safira – Safira Alminetti."

„Safira?! Bist du es wirklich? Wo kommst du denn her – und was machst du hier?"

„Ich bin die Mauer hochgeklettert."

Sekunden später erschien Safiras Kopf vor dem vergitterten Fenster. Fürst Arthur staunte, denn die begabte Zirkusartistin war ohne irgendein Hilfsmittel an der Turmmauer emporgeklettert.

„Bist du allein?", fragte Fürst Arthur.

„Nein, Käpten Sturm ist auch da und möchte mit Euch reden. Moment, ich muss ihm dabei helfen, heraufzukommen. Er kann ja nicht so gut klettern wie ich." Safira holte ein Seil aus ihrem Rucksack und ließ es zu Boynen hinab. Der bekam es zu fassen und knüpfte ein robustes Tau daran. Safira zog das Tau herauf und befestigte es am Gitter.

Nun konnte auch Boynen die Mauer hochsteigen. Kurz darauf stand er direkt neben Safira auf einem Vorsprung unterhalb des Fensters und blickte durch das Gitter.

„Hallo, Boynen! Bin ich froh, dich zu sehen", erklärte sein zukünftiger Schwiegervater. „Seid ihr beide gekommen, um mich aus dieser Zelle zu befreien?"

„Wir wollen es versuchen, aber sag uns doch erst einmal, was los ist", antwortete Boynen.

„Klar. Folgendes ist passiert ..." In kurzen Zügen erzählte Fürst Arthur die ganze Geschichte und schloss mit den Worten: „Und morgen wollen sie mich zu einer Gefängnisstrafe verurteilen, obwohl ich doch gar kein Einbrecher sein kann, weil das Haus ja mir gehört. Man sollte lieber diesen Gauner einsperren, der unerlaubterweise darin wohnt. Wollt ihr mich etwa jetzt sofort hier herausholen?"

Boynen prüfte die Gitterstäbe, danach die Beschaffenheit der Mauer. Dann schüttelte er ernüchtert den Kopf. „Das schaffen wir leider nicht. Der Baumeister dieses Gefängnisses versteht sein Handwerk."

„Was schlägst du also vor?"

„Zunächst einmal besorgen wir uns die Schatzkarte. Danach sehen wir weiter. Bist du damit einverstanden?"

„Natürlich, das ergibt Sinn. Moment, ich gebe euch noch etwas mit …" Fürst Arthur zog seinen Schuh aus, entfernte die Sohle, zog ein zusammengefaltetes Papier heraus und reichte es Boynen. „Hier, mithilfe dieser Skizze werdet ihr die Schatzkarte finden."

„Danke! Sobald wir die Karte haben, holen wir dich hier raus, und zwar noch heute Nacht! Das verspreche ich dir."

Fürst Arthur fuhr mit der Hand über Gitter und Mauerwerk. „Nimmst du da nicht den Mund etwas zu voll, Boynen? Hier gibt es keine Möglichkeit zu entkommen. Bleibt nur der Fluchtweg durch die Tür. Aber ihr wisst selber, dass die ganze Festung rund um die Uhr gut bewacht wird. Da kommt nicht einmal eine Maus ungesehen hinein oder hinaus. Nein, holt euch die Karte und verschwindet von hier. Denk dran, ihr müsst innerhalb von zwei Monaten den grünen Diamanten finden, damit Aurora nicht diesen skandinavischen Mistkäfer heiraten muss. Um mich könnt ihr euch danach kümmern."

„Nein, wir lassen dich nicht im Stich!"

Fürst Arthur schaute den jungen Kapitän streng an. „Doch, Boynen, das ist ein Befehl! Und jetzt verschwindet von hier!"

Widerwillig ließen sich Boynen und Safira an der Mauer herab und kehrten zu Brummel und Seebär zurück, die bereits ungeduldig auf sie warteten. Bevor jemand etwas sagen konnte, legte Boynen den Finger auf den Mund und zeigte auf ein paar Piraten, die sich gerade ganz in ihrer Nähe aufhielten. „Wir müssen von hier weg", flüsterte er.

So leise sie konnten, stiegen sie in ihr Boot und ruderten schweigend zur *Esmeralda* zurück.

Dort angekommen, setzten sie sich an den Tisch in der Kapitänskajüte. Boynen ergriff als Erster das Wort. „Ich habe mir die Sache durch den Kopf gehen lassen. Die Insel wimmelt nur so von Piraten. Im Augenblick haben wir keine Chance, Fürst Arthur dort rauszuholen, ohne selbst gefangen genommen zu werden."

„Was schlägst du daher vor?", erkundigte sich Seebär.

„Dass wir Fürst Arthurs Wunsch befolgen."

„Der da wäre?", hakte Brummel nach.

„Wir müssen uns damit abfinden, dass wir Fürst Arthur nicht befreien können, zumindest vorerst. Deshalb holen wir uns erst einmal die Karte, verschwinden von der Insel und suchen nach dem Schatz. Anschließend kümmern wir uns um Fürst Arthur."

Safira sah Boynen fassungslos an. „Du willst deinen zukünftigen Schwiegervater also tatsächlich in diesem lausigen Gefängnis schmoren lassen? Wie kannst du nur?!"

Boynen blickte betroffen zu Boden, während Safira fortfuhr: „Ich habe eine viel bessere Idee."

„Schieß los!", drängte Seebär.

„Also, wir machen es folgendermaßen ..."

Aufmerksam hörten Boynen, Brummel und Seebär der elfjährigen Zirkusartistin zu. Sie schloss mit den Worten: „Und so bekommen wir alles auf einmal – die Karte *und* Fürst Arthur! Was haltet ihr davon?"

„Du hast nicht alle Tassen im Schrank, Safira! Das funktioniert niemals", meinte Seebär entsetzt, und Brummel zeigte ihr sogar den Vogel.

Doch Boynen grinste und klopfte ihr anerkennend auf die Schulter. „Das ist eine total verrückte Idee, Safira! Aber ich finde sie gut! So machen wir es!" Voller Tatendrang sprang er auf. „Worauf warten wir noch? Die Zeit drängt! Los geht's!"

Seebär und Brummel wussten, dass jede Widerrede zwecklos war. Käpten Sturm hatte sich entschieden.

7. EIN VERWEGENER PLAN

Es klopfte laut an die Tür des Felsenhauses. Edgar Löfgren fluchte, sprang aus seinem Bett und eilte zur Eingangstür. „Wer stört?" Er blickte durch ein kleines Fenster nach draußen.

Dort standen fünf Soldaten in Uniform. Einer von ihnen, ein Offizier, ergriff das Wort. „Edgar Löfgren? Seid Ihr das?"

„Ja, der bin ich. Was wollt ihr?"

„Der Gouverneur schickt uns. Wir sollen Euch zur Festung begleiten. Es gibt große Probleme. Der Gouverneur braucht Eure Zeugenaussage, ganz dringend."

„So ein Blödsinn", schimpfte Edgar. „Ich habe doch schon alles ausgesagt!"

„Das glaube ich Euch gerne. Aber der Befehl stammt vom Gouverneur höchstpersönlich. Bitte öffnet die Tür und folgt uns."

„Na gut, ich komme mit. Ich muss mir nur schnell etwas anziehen."

„Wir warten."

Kurz darauf verließ Edgar das Haus und wurde von den uniformierten Männern zur Festung eskortiert.

Fünfzig Meter vom Felsenhaus entfernt beobachteten Boynen und Safira, wie Edgar mit seinen Begleitern fortmarschierte. Safira grinste. „Das machen Brummel und die vier anderen Matrosen der *Esmeralda* richtig überzeugend. Also, ich würde auch keinen Zweifel daran haben, dass das echte Soldaten des Gouverneurs sind."

Boynen nickte zufrieden. „Die schwedischen Uniformen, die sie tragen, habe ich vor zwei Jahren von einer Schauspielgruppe gekauft. Endlich können wir sie mal einsetzen."

Sie warteten, bis sich die Männer weit genug vom Haus entfernt hatten. Dann sprangen sie auf. „So, und jetzt holen wir uns die Schatzkarte“, verkündete Boynen entschlossen.

Eine Viertelstunde später erreichte die Gruppe der Uniformierten mit Edgar Löfgren zusammen den Eingang der Festung. Die Torwache trat ihnen entgegen. „Wer seid Ihr und was wollt Ihr hier?“

Edgar runzelte die Stirn. „Also, jetzt schlägt's 13. Zuerst holt ihr mich mitten in der Nacht aus dem Bett, weil der Gouverneur mich sprechen will. Und dann lasst ihr mich nicht in die Festung rein. Lasst mich sofort durch – ich bin Edgar Löfgren, der beste Freund des Gouverneurs!“

Die Wache blieb unbeeindruckt. „Habt Ihr einen Passierschein dabei?“

„Selbstverständlich!“, behauptete Brummel und zog ein Schriftstück aus der Tasche, welches das Siegel und die Unterschrift des Gouverneurs trug. Er hielt es dem Wachmann kurz unter die Nase, um es gleich darauf wieder einzustecken. „Befehl vom Gouverneur! Wir müssen Edgar Löfgren zu ihm bringen. Die Sache ist von äußerster Wichtigkeit.“

„Na gut, Ihr dürft passieren.“ Der Wachmann öffnete das Tor und ließ die Gruppe durch.

Sie betraten den Hof der Festung. Doch anstatt zum Haus des Gouverneurs zu gehen, wandten sie sich dem Gefängnisturm zu.

Edgar stutzte. „Moment mal! Was soll das? Ich dachte, ihr bringt mich zum Gouverneur.“

Brummel nickte. „Das tun wir doch auch. Er wartet im Verhörzimmer des Gefängnisturms auf Euch."

„Ach so."

Vor der Eingangstür zum Turm standen zwei weitere Wachleute. Das Gefängnis war unglaublich gut gesichert. Deshalb war es umso wichtiger, dass die Freunde überzeugend auftraten und keine Fehler machten. Brummel zeigte sein Schriftstück, aber wieder nur so kurz, dass niemand den Inhalt lesen konnte.

Die Wachleute zuckten mit den Achseln und ließen sie gähnend vorbei.

Endlich waren sie im Turm. Gemeinsam mit Edgar stiegen sie die Treppe hinauf und betraten einen Raum, welcher der Verhörraum sein musste. Er war leer.

„Setzt Euch doch schon einmal", sagte Brummel freundlich. „Der Gouverneur kommt gleich. Er ist Euch sehr dankbar, dass Ihr bereit wart, mitten in der Nacht in die Festung zu kommen."

Edgar folgte dieser Aufforderung und ließ sich in einem bequemen Sessel nieder, der neben dem Verhörtisch stand. Brummel machte kehrt und verließ mit zwei Männern den Raum. Die anderen beiden stellten sich schweigend hinter Edgar. Einer der beiden war Seebär.

So langsam kamen bei Edgar Zweifel auf, die er sogleich in Worte fasste: „Da stimmt doch was nicht! Also irgendetwas ist hier faul."

Seebär beugte sich grinsend von hinten über ihn und sog gut hörbar die Luft ein. „Stimmt, aber der Gestank kommt von dir. Riecht total nach Abschaum, den man ganz schnell in den Gully kippen sollte." Bevor Edgar etwas sagen konnte, stopfte ihm Seebär einen Knebel in den Mund und hielt ihn fest.

Gleichzeitig nahm sein Mannschaftskamerad ein Taschentuch zur Hand, das mit einem Betäubungsmittel getränkt war.

Er presste es Edgar an die Nase, woraufhin dieser sofort ohnmächtig wurde.

„Das wirkt aber gut", meinte der Matrose erstaunt. „Woher habt ihr das Zeug?"

Seebär grinste zufrieden. „Käpten Sturm hat es mal vom Amazonas mitgebracht. Der Schurke schläft jetzt für mindestens 24 Stunden."

Brummel war unterdessen mit seinen beiden Begleitern immer weiter die Treppe hinaufgestiegen, bis sie ganz oben im Turm angekommen waren. Vor einer verriegelten Zelle saßen drei Wachleute müde auf einer Bank.

„Habt acht!", kommandierte Brummel.

Sofort sprangen die drei Wachen erschrocken auf und salutierten, weil sie Brummel für einen Offizier hielten.

„Was fällt euch faulem Pack eigentlich ein?", schimpfte Brummel, als ob er sehr empört wäre. „Wie könnt ihr es wagen, in so lascher Haltung euren Dienst zu machen? Wisst ihr nicht, wen ihr da bewacht?"

„Man ... man sagte uns, es sei ein einfacher Einbrecher", stammelte einer der Wachleute unsicher.

Brummel strafte ihn mit einem so vernichtenden Blick, dass der Mann vor Furcht zusammenzuckte. „Glaubst du wirklich", Brummel atmete laut hörbar ein und sprach mit donnernder Stimme weiter, „dass das nur ein einfacher Einbrecher ist? Nein, mein Freund! Dieser Mann ist kein gewöhnlicher Einbrecher! Er ist gefährlich!" Brummel richtete sich zu seiner vollen Größe auf. Seine Stimme schwoll noch stärker an, die Wachen wurden immer kleiner. „Dieser Mann ... ist ein feindlicher Agent! Und jetzt schließt ihr mir sofort die Tür auf, damit wir diesen gefährlichen Spion in den Verhörraum bringen können. Los! Die Sache duldet keinen Aufschub! Der Gouverneur wartet schon ungeduldig auf ihn."

Mit zitternden Händen öffnete einer der Wachleute die Tür. Brummel trat in die Zelle.

Vor ihm stand Fürst Arthur, der Brummels Stimme sofort erkannt hatte. Deshalb machte er das Spiel bereitwillig mit. „Bitte tut mir nichts!", flehte er mit weinerlicher Stimme. „Ich werde Euch alles verraten!"

Brummel packte ihn bewusst hart am Kragen. „Mitkommen!", sagte er streng und zog ihn aus der Zelle heraus. Dann wandte er sich an die drei Wachen. „Und ihr begleitet uns jetzt zum Verhörraum und sorgt dafür, dass uns niemand beim Verhör stört. Habt ihr das verstanden?"

Die drei Wachleute nahmen eine stramme Haltung an. „Zu Befehl! Wir werden niemanden hineinlassen!"

„Das will ich euch auch geraten haben!"

Brummel und Fürst Arthur stiegen die Treppe hinab, dicht gefolgt von den beiden Matrosen der *Esmeralda* und den drei Wachleuten. Während Brummel mit Fürst Arthur den Verhörraum betrat, postierten sich alle übrigen Männer vor der Tür.

Kaum war die Tür von innen verriegelt, flüsterte Fürst Arthur erleichtert: „Brummel! Seebär! Ich bin so froh, dass ihr da seid!" Dann schaute er auf Edgar, der regungslos im Sessel hing. „Ist der ... tot?"

Brummel schüttelte den Kopf. „Nein, nur ohnmächtig."

„Und wie geht es jetzt weiter?", fragte Fürst Arthur gespannt.

Brummel sah ihn mit leuchtenden Augen an. „Wir machen es folgendermaßen ..."

Nach zehn Minuten öffnete sich die Tür des Verhörraums. Brummel blickte die Wachleute böse an. „Was habt ihr nur mit dem Gefangenen gemacht?", fuhr er sie an. „Dieser Mann ist schon zu Beginn des Verhörs ohnmächtig zusammengebrochen. So ein Mist! Jetzt müssen wir warten, bis er wieder aufwacht. Und ihr seid schuld!"

„Wir ... wir ... haben ... doch gar nichts gemacht", stammelten die verunsicherten Wachleute.

„Eben!", rief Brummel zornig. „Ihr habt ihm nicht genügend zu essen und zu trinken gegeben. Jetzt ist er bewusstlos. Das verzögert alles unnötig. Los! Geht mir aus dem Weg! Wir müssen ihn wohl oder übel zurück in die Zelle bringen." Mit gespielter Wut stapften Brummel und Seebär die Stufen des Turms hinauf.

Sie trugen aber nicht Fürst Arthur, sondern den bewusstlosen Edgar Löfgren in die Gefängniszelle. Zuvor hatten sie ihm Fürst Arthurs Kleidung übergezogen und einen Sack über seinen Kopf gestreift. Oben angekommen legten sie ihn auf die Liege und entfernten den Sack. Edgars Gesicht war aber auch jetzt nicht zu erkennen, weil sein Rücken der Tür zugewandt war.

Brummel knallte die Zellentür von außen zu und schloss sie ab. Den Schlüssel steckte er in seine Hosentasche. Noch bevor die Wachleute dagegen protestieren konnten, fuhr er sie erneut hart an: „Ihr wartet hier vor der Zelle! Und wagt es nicht, euch von der Stelle zu rühren! Sonst handelt ihr euch einen noch viel größeren Ärger ein, als ihr ihn jetzt schon habt. Ach – noch eines! Sobald der Gefangene wieder wach ist, meldet ihr mir das unverzüglich! Ich werde ihn dann persönlich abholen und in den Verhörraum bringen."

„Zu Befehl!", erwiderten die drei Wachleute unterwürfig.

Am Felsenhaus versuchte Boynen vergeblich, mit einem Dietrich die Kellertür zu öffnen.

Währenddessen ließ Safira ihren Gedanken freien Lauf. „Wie gut, dass wir Edgar Löfgren vom Haus fortgelockt haben. Jetzt haben wir freie Bahn. Nur schade, dass sie Fürst Arthur bei der Verhaftung seinen Schlüssel abgenommen haben, sonst wären wir bestimmt schon längst drin ... Vielleicht solltest du es mal mit etwas mehr Druck und Gefühl versuchen, Boynen ... Brauchst du für dieses Schloss vielleicht ein anderes Werkzeug, oder denkst du, dass du zurechtkommst?"

Boynen blickte auf. „Du plapperst wie ein Wasserfall, liebe Safira! Wie soll ich mich da konzentrieren? Kannst du bitte mal den Mund halten?"

Safira gehorchte sofort und war still – aber nur für etwa zwanzig Sekunden. „Also, ich glaube, du machst da irgendetwas falsch. So geht das nicht."

Resigniert zog Boynen die Augenbrauen hoch und reichte Safira den Haken aus Metall. „Hier, bitte schön! Wenn du meinst, dass du es besser kannst, darfst du es gerne versuchen!"

Anstatt den Dietrich zu nehmen, stieg Safira jedoch auf einen Baum, der neben dem Haus stand. Auf der Höhe des ersten Stockwerks machte sie einen gewagten Satz zum Haus hinüber und landete sicher auf einem Mauervorsprung. Blitzschnell kletterte sie noch ein Stück die Fassade hinauf und schlüpfte dann durch ein geöffnetes Fenster ins Haus.

Eine Minute später öffnete sie Boynen von innen die Tür. „Hereinspaziert", kicherte sie stolz. „Na, wie war ich?" Ohne ihn zu Wort kommen zu lassen, fuhr sie fort: „Übrigens – ein Schlüssel steckte von innen im Schloss und hat es blockiert. Es war also gar nicht möglich, die Tür von außen zu öffnen."

Boynen klopfte der elfjährigen Zirkusartistin anerkennend auf die Schulter. „Gut gemacht, Safira."

Um kein unnötiges Risiko einzugehen, verschlossen sie die Tür hinter sich. Sie zündeten eine Öllampe an und durchquerten, wie Fürst Arthur zuvor, das Kellergewölbe. Ungestört erreichten sie die Wand, hinter der sich laut Fürst Arthurs Skizze der Geheimgang befinden musste.

„Hier muss irgendwo ein Zugang sein", sagte Safira, während sie die Wand untersuchte.

„Aber wo ist er bloß?", murmelte Boynen. „Da ist kein einziger Stein locker. Alles ist massiv und gut verputzt."

„Vielleicht sind wir an der falschen Wand", überlegte Safira.

Boynen sah sich noch einmal den Plan an und schüttelte den Kopf. „Nein, hier muss der Eingang sein. Aber leider ist genau an der Stelle, wo eine Anweisung dazu steht, der Text verschmiert." Er klopfte systematisch die Wand ab und wurde endlich fündig. „Hier – dieser Stein sieht anders aus als die übrigen."

Als der junge Kapitän die Stelle etwas näher betrachtete, kam ihm eine Idee: Er drückte den Stein mit aller Kraft in die Wand hinein. Plötzlich war ein Geräusch zu hören, und eine Steinplatte hob sich aus dem Boden heraus.

Safira und Boynen schauten sich triumphierend an. „Der Eingang", flüsterten sie beide wie aus einem Mund.

Schnell schoben sie die Platte zur Seite und sahen einen etwa anderthalb Meter tiefen Schacht, von dem aus ein Tunnel direkt unter der Steinmauer hindurchführte. Der Weg war frei. Sie stiegen in den Schacht, krochen durch den Tunnel und kletterten anschließend wieder nach oben. Dort tat sich ein Gang auf, in dem Safira aufrecht stehen, Boynen sich hingegen ein wenig bücken musste.

„Wir sind drin!", jubelte Safira.

Boynen nickte zufrieden. „Ja, wir sind am richtigen Ort. Und jetzt geht es immer der Nase nach."

Sie folgten dem Gang, der nach ungefähr fünfzig Metern in einem muffigen Verlies endete. Der Raum war aus dem Felsen gehauen und schien außer einem steinernen Sarg keinerlei Verstecke zu bieten. Boynen und Safira sahen sich gründlich um. Nachdem sie eine Weile vergeblich gesucht hatten, blickten sie sich ratlos an. „Wo kann die Schatzkarte nur sein?", fragte Boynen stirnrunzelnd.

Safira zuckte mit den Schultern. „Vielleicht gibt es sie gar nicht."

„Doch, ich bin mir sicher, dass uns Fürst Arthur keine Märchen erzählt hat. Wir sollten uns noch einmal genauer umschauen."

Das taten sie.

Aber auf einmal hörten sie vom Gang her eine heisere Stimme. „Hände hoch, sonst knallt's!"

Brummel marschierte über den Innenhof der Festung direkt auf den Ausgang zu. Die anderen folgten ihm. Was sie jedoch nicht wissen konnten: Kurz zuvor hatte die Wachablösung stattgefunden. Die neuen Wachleute, ein grauhaariger, sehr selbstsicher wirkender Soldat und sein jüngerer Kollege, versperrten ihnen sofort den Weg. „Halt! Wer seid ihr?", fragte der Grauhaarige.

„Das siehst du doch, du Pappnase", fauchte Brummel mit drohender Stimme. Wieder einmal versuchte er, seinem Gegenüber Angst einzujagen. „Der Gouverneur hat uns befohlen, diesen Mann zurück in sein Haus zu eskortieren. Er wird als Zeuge nicht mehr gebraucht. Tritt zur Seite!"

Der Grauhaarige zog die Augenbrauen hoch. „Dein Ton gefällt mir überhaupt nicht! So respektlos hat noch niemand mit mir gesprochen."

Brummel warf ihm einen vernichtenden Blick zu. „Wenn du uns nicht sofort durchlässt, mache ich Meldung beim Gouverneur. Und glaub mir, Bursche: Er wird dich noch ein wenig respektloser behandeln, wenn er hört, was für Schwierigkeiten du uns gerade machst."

„Könnt ihr euch ausweisen?", beharrte der Wachmann. „Ohne Passierschein lassen wir hier nämlich niemanden herein oder heraus. So lauten unsere Befehle."

„Wenn es nur das ist." Brummel zog den gefälschten Passierschein aus der Tasche, hielt ihn ganz kurz hoch und steckte ihn sofort wieder weg.

Doch damit war der Grauhaarige nicht einverstanden. „Stopp! So geht das nicht! Gib mir den Zettel, damit ich ihn mir ansehen kann."

Der jüngere der beiden Wachleute trat einen Schritt zurück und richtete sein Gewehr auf die Gruppe. Jetzt übernahm er das Wort. „Bevor wir weitermachen, legt ihr erst einmal eure Waffen auf den Boden! Wir trauen euch nämlich nicht."

„Wie könnt ihr es wagen?", protestierte Brummel. „Der Gouverneur wird euch dafür hart bestrafen."

„Halt den Mund!", schnauzte ihn der Grauhaarige an und zog ebenfalls seine Waffe. „Ich kenne dich und deine Begleiter nicht. Ohne gültigen Passierschein verlässt keiner von euch diese Festung."

„Zum letzten Mal: Legt eure Waffen auf den Boden, sonst knallt's", forderte sie der Jüngere auf.

Brummel und die anderen gehorchten widerwillig.

„Jetzt gebt ihr mir den Passierschein", befahl der Grauhaarige, der den Finger am Abzug hatte. „Wenn der in Ordnung ist, könnt ihr gehen. Wenn nicht, dann rufen wir sofort Verstärkung und sperren euch alle ein."

Brummel, Seebär und Fürst Arthur sahen sich entsetzt an. Jetzt waren sie so weit gekommen, nur um im allerletzten Moment in die Falle zu geraten.

8. Rache ist süß, Lucio ist sauer

Opa Abraham schlug das Logbuch zu. „So, auch wenn morgen Samstag ist und ihr ausschlafen könnt: Es ist spät geworden und ich finde, wir haben jetzt genug gelesen. Morgen geht es weiter."

Zur Verwunderung der Erwachsenen protestierten weder Lenny noch Anne. Stattdessen verabschiedeten sich die beiden und verschwanden eilig in Richtung Treppe.

„Was ist mit denen los?", fragte Papa erstaunt.

„Keine Ahnung", sagte Mama lachend. „Aber irgendwie schien es mir, als wollten sie ganz schnell ins Bett gehen."

„Ach, die armen Kinder sind wahrscheinlich todmüde", meinte Oma Sarah besorgt. „Wir hätten auf keinen Fall so lange vorlesen sollen. Die brauchen doch ihren Schlaf."

Im ersten Stock sah Lenny auf die Uhr. „Jetzt ist es gleich zehn. Ob Herr Antonello wohl schon zu seiner Villa zurückgekehrt ist?"

Anne verzog das Gesicht, weil sie ein schlechtes Gewissen hatte. „Keine Ahnung. War es wirklich richtig, was wir gemacht haben?", fragte sie unsicher.

Doch Lenny hatte keinerlei Gewissensbisse. „Selbstverständlich war das richtig! Der gemeine Kerl hat es doch nicht anders verdient. Am liebsten wäre ich dabei, wenn er nach Hause kommt. Das wäre cool!"

Kurz darauf gingen die Geschwister zu Bett. Dort überfielen nun auch Lenny leichte Schuldgefühle, die er aber einfach beiseiteschob.

Kurz vor Mitternacht kehrte Lucio Antonello mit seinem Sportwagen von einer langen, anstrengenden Fahrt zurück. Er war sehr erschöpft und freute sich darauf, zu Hause endlich ausspannen zu können. Wie gewöhnlich fuhr er den Wagen in die Garage. Als er ausstieg, trat er jedoch direkt in einen saftigen Haufen Kuhmist, den Lenny und Anne genau an der richtigen Stelle platziert hatten.

„Pfui!", schimpfte Lucio. „Wie kommt denn dieses Zeug in meine Garage?" Entsetzt betrachtete er seine hochwertigen Schuhe, die jetzt vollkommen mit Kuhmist beschmiert waren. „So eine Sauerei!", entfuhr es ihm. „Wer war das?"

Wütend verschloss er Fahrzeug und Garagentür und marschierte auf einen Gartenschlauch zu, der direkt an der Hauswand der Villa angeschlossen war. Bevor Lucio das Haus betrat, wollte er seine Schuhe erst einmal sauber machen. Er drehte den Wasserhahn auf. Aber Lenny und Anne hatten das Anschlussstück des Schlauchs so gelockert, dass dieser durch den Wasserdruck einfach weggeschleudert wurde. Ein harter Wasserstrahl schoss aus dem Hahn und durchnässte den armen Mann vollständig.

Lucio Antonello fluchte und drehte hektisch den Hahn wieder zu. Er riss sich die Schuhe von den Füßen und schleuderte sie voller Wut in den Garten. Dann eilte er in pitschnassen Strümpfen zur Haustür.

Als er dort allerdings die Klinke anfasste und hinunterdrückte, klebte plötzlich ein dicker Kaugummi an seiner Hand. Und noch etwas passierte: Die Klinke war über einen robusten Nylonfaden mit einem Wassereimer verbunden, der direkt über der Haustür hing. Durch das Betätigen der Klinke kippte der Eimer um und entleerte sich vollständig über Herrn Antonellos Kopf.

Lucio Antonello stieß einen lauten Schrei der Verzweiflung aus. Womit hatte er das verdient? Wer spielte ihm nur solche schrecklichen Streiche? Er konnte sich nicht vorstellen, wer ihm so etwas Gemeines antun wollte. Aber diese Leute würden sich noch wundern!

Zornig trocknete er sich drinnen mit einem großen Handtuch ab und schaltete seinen PC ein. Ein paar Sekunden später sah er sich die Videoaufnahmen seiner Überwachungskameras an. Diese hatten jede Bewegung in seinem Garten aufgezeichnet.

„Na, so was! Ihr könnt was erleben!", murmelte Lucio Antonello empört. Dann griff er nach seinem Smartphone und rief die Polizei an.

Nach dem Frühstück am anderen Morgen wandte sich Opa Abraham an Lenny und Anne. „Hey, ihr zwei. Ich muss mit euch mal etwas besprechen."

„Was ist los?", murmelte Lenny erstaunt.

„Genau das will ich von dir und Anne wissen", erwiderte Opa Abraham mit ernster Stimme. „Kommt mit nach draußen vor die Haustür!"

Sie gingen hinaus und setzten sich auf eine Bank. Opa Abraham zog die Augenbrauen hoch. „So, und jetzt solltet ihr mir verraten, wo ihr gestern Nachmittag gewesen seid und was ihr gemacht habt."

Lenny und Anne schauen sich gegenseitig an. Wusste Opa Abraham etwa, was sie getan hatten?

„Wir haben ... wir waren ...", druckste Anne herum. Dann stiegen ihr Tränen in die Augen und sie begann zu schluchzen.

Opa Abraham sah Lenny an. „Sag du mir, was passiert ist! Und wehe, du verschweigst etwas."

So streng hatte Lenny seinen Opa noch nie reden gehört. Er schien richtig ärgerlich zu sein. „Wir …", stammelte der Elfjährige. Irgendwie fand er nicht die richtigen Worte, und schließlich blickte er zu Boden. „Nein, Opa Abraham, das kann ich dir unmöglich erzählen. Du würdest es nicht verstehen."

Opa Abraham schüttelte fassungslos den Kopf. „Ihr wollt mir also nicht sagen, was ihr gestern getrieben habt? Und ich dachte, dass wir uns absolut vertrauen können. Aber da muss ich mich wohl getäuscht haben. Na gut, wenn ihr mir nichts sagen wollt, zeige *ich* euch etwas." Er kramte sein Handy hervor und öffnete eine Nachricht samt angehängter Videodatei. „Das habe ich heute Morgen von der Polizei bekommen. Schaut es euch gut an."

Lenny und Anne rissen vor Schreck die Augen auf, als sie begriffen, worum es sich handelte. Auf diesem Video war deutlich zu sehen, wie sie beide Herrn Antonellos Grundstück betraten und sich dort umsahen. Ein zweites Video zeigte, wie sie erneut auftauchten, einen Kuhfladen in der Garage platzierten und den Gartenschlauch abschraubten. Auch die Aktion mit dem Kaugummi unter der Türklinke war dokumentiert worden. Und natürlich, wie sie mit viel Aufwand einen Eimer Wasser über der Haustür aufgehängt und diesen durch einen Nylonfaden mit der Türklinke verbunden hatten.

Da die Kinder nicht wussten, was sie sagen sollten, herrschte erst einmal betretenes Schweigen.

Opa Abraham steckte sein Handy weg und atmete tief durch, bevor er weitersprach: „Herr Antonello hat gestern Abend bei der Polizei Anzeige erstattet. Die Aufnahmen hat mir übrigens ein Freund geschickt, der bei der Polizei arbeitet. Er wollte uns damit vorwarnen. Ihr habt euch und eure Eltern mit dieser Aktion ganz schön in Schwierigkeiten gebracht, das kann ich euch sagen."

Lenny und Anne waren so schockiert, dass es ihnen förmlich die Sprache verschlagen hatte. Anne weinte, während Lenny mit leerem Blick auf einige Bäume starrte.

Ohne weitere Worte zu verlieren, stand Opa Abraham auf, um Mama und Papa die Videoaufnahmen zu zeigen.

Als Lenny und Anne wenig später ins Haus gerufen wurden, waren die Eltern sehr aufgebracht. „Was habt ihr euch eigentlich dabei gedacht?" „Wie konntet ihr nur so einen Mist verbocken?" „Das kann doch wohl nicht wahr sein!" „Was ist bloß in euch gefahren?" Papa und Mama waren so ärgerlich, dass sie die Kinder gar nicht zu Wort kommen ließen. „Am besten geht ihr erst mal in eure Zimmer, bis wir uns beruhigt haben", befahl Papa schließlich. „Den Rest klären wir später."

Es war das schlimmste Donnerwetter, das die Geschwister je erlebt hatten. Und beide wussten nur zu genau, dass sie es nicht anders verdient hatten. Wie hatten sie nur so blöd sein können, diese Racheaktion für eine gute Idee zu halten? Merkwürdig, dass manches im Nachhinein gar nicht mehr so lustig wirkte wie am Anfang. Vielleicht hätten sie Opa Abraham doch vorher um Rat fragen sollen?

Lenny schluckte, als er daran dachte, dass die Polizei womöglich schon unterwegs zu ihnen war. Er warf sich auf sein Bett und begann zu weinen.

Zehn Minuten später klingelte es an der Tür. Erschrocken sprang Lenny auf und lief in den Flur, wo er seiner Schwester begegnete. „Das ist bestimmt die Polizei", flüsterte er ängstlich.

„Lenny! Anne! Runterkommen!", hörten sie Papa nun rufen.

Zaghaft tappten sie die Treppe hinunter und betraten die Küche. Doch anstatt dort uniformierte Polizisten anzutreffen, die ihnen Handschellen anlegen wollten, sahen sie jemanden, der ganz normal gekleidet war.

„Kommt rein und setzt euch", sagte Opa Abraham. „Es gibt etwas zu klären."

Als alle am Tisch saßen, stellte sich der Fremde vor. „Mein Name ist Antonello, und ich wüsste nicht, dass wir uns bisher schon einmal begegnet wären. Was habt ihr beide euch also dabei gedacht, mir solch üble Streiche zu spielen? Ich habe euch doch gar nichts getan!"

Papa schaute Lenny streng an. „Los, heraus mit der Sprache!"

Lenny zögerte. Aber dann dachte er daran, was Papas Chef ihnen mit der Kündigung angetan hatte, und platzte heraus: „Wir haben mitbekommen, dass Sie meinen Vater gefeuert haben. Und das ist ganz schlimm für uns alle. Denn wenn mein Vater keine Arbeit mehr hat, können wir die Raten nicht mehr zahlen. Und wenn wir der Bank die Raten nicht mehr zahlen, nehmen die uns das Schmugglerhaus weg. So etwas konnten wir einfach nicht durchgehen lassen. Deshalb haben wir uns an Ihnen gerächt."

„Hä?", entfuhr es Opa Abraham. „Was hat Herr Antonello denn mit Papas Arbeit zu tun?" Für einen Moment herrschte Stille, dann schlug Opa Abraham sich plötzlich vor den Kopf und fing an zu lachen.

Alle anderen sahen ihn entsetzt an.

„Entschuldigung – aber das ist jetzt wirklich urkomisch! Tut mir leid, dass ich lache." Er wandte sich an Lenny. „Ihr wolltet euch also am Chef eures Vaters rächen, weil der ihn entlassen hat?"

Jetzt fand auch Anne ihre Sprache wieder. „Genau, denn das ist total gemein von Herrn Antonello. Papa hat so gut gearbeitet und nichts falsch gemacht."

Lucio Antonello hatte bisher sehr ernst und ziemlich abweisend gewirkt. Doch nun änderte sich sein Gesichtsausdruck. Es war, als ob ihm ein Licht aufginge, und er begann tatsächlich zu grinsen. „Mann, oh Mann. Ihr zwei habt es ja faustdick hinter den Ohren", sagte er kopfschüttelnd zu Anne und Lenny. „Aber ihr habt euch leider den Falschen ausgesucht. Wisst ihr, ich heiße zwar Antonello mit Nachnamen, habe mit dieser Sache aber überhaupt nichts zu tun. Ich bin nicht der Chef eures Vaters."

Opa Abraham fügte hinzu: „Der Chef der Hotelkette wohnt gar nicht in Bodenwald, sondern in Berlin. Sein Name ist Alberto Antonello."

Lenny und Anne schämten sich in Grund und Boden, als sie das hörten. Wieder und wieder entschuldigten sie sich bei dem Geschädigten. Der sah sie freundlich an. „Ich habe übrigens meine Anzeige bei der Polizei inzwischen wieder zurückgezogen. Und wenn ihr mir versprecht, dass ihr so etwas nie wieder tut, dann verzeihe ich euch, und die Sache ist für mich erledigt."

Sofort beteuerten die Geschwister, nie wieder so etwas Dummes zu machen. Doch Opa Abraham wollte die beiden nicht ganz so ungeschoren davonkommen lassen. „Und als Zeichen dafür, dass es euch wirklich leidtut, schlage ich vor, dass ihr Herrn Antonello einen Tag lang im Garten helft. Seid ihr damit einverstanden?"

Lenny und Anne bejahten – sie waren erleichtert, dass die Sache so glimpflich für sie ausgegangen war.

„Dieses Angebot nehme ich gerne an!", sagte Herr Antonello lächelnd. „Mein Rasen müsste dringend gemäht werden. Und das Unkraut wuchert überall. Ich erwarte euch also am Mittwochnachmittag bei mir." Er stand auf, um sich zu verabschieden, worauf sich Papa und Mama überschwänglich bei ihm bedankten.

Als er fort war, wandten sich die Eltern an die Kinder. „So, und jetzt erzählt ihr uns alles noch einmal von Anfang an. Und lasst bitte nichts aus."

Lenny und Anne waren froh, dass der Ärger verflogen war, und erzählten Mama, Papa, Opa Abraham und Oma Sarah abwechselnd die ganze Geschichte. Zum Schluss sagte Lenny zu Opa Abraham: „Es tut mir total leid, dass wir dich enttäuscht haben. Bist du uns noch böse?"

„Nein, aber ich war schon sehr schockiert von dem, was ihr getan habt. Denn selbst wenn ihr den richtigen Herrn Antonello erwischt hättet – es wäre trotzdem total falsch gewesen. Auf etwas Böses soll man niemals reagieren, indem man auch etwas Böses tut. Dadurch bewirkt man nur neuen Hass und neue Bosheit und macht alles noch schlimmer. Merkt euch das bitte, okay?"

Lenny und Anne nickten eifrig.

Daraufhin nahm Opa Abraham das Logbuch von Käpten Sturm in die Hand. „Habt ihr Lust, die Geschichte weiterzulesen?"

Diese Frage wurde mit einem lauten „Ja" beantwortet.

9. IN GROẞER BEDRÄNGNIS

Safira und Boynen starrten vom Verlies unter der Kirche aus erschrocken in den Gang hinein, aus dem die Aufforderung gekommen war. Die heisere Stimme meldete sich ein zweites Mal: „Die Flossen hoch!“ Gleich darauf war ein Flattern zu hören und der Sprecher – vielmehr die Sprecherin – erschien im Licht.

„Kiki!“, rief Safira erleichtert. „Was machst du denn hier?“

Eine Sekunde später saß die freche Papageiendame bereits auf ihrer Schulter und knabberte liebevoll an ihrem Ohr. Safira streichelte sie. „Kiki, wo kommst du denn so plötzlich her? Du hast uns ganz schön erschreckt.“

„Wir sollten weitersuchen“, schlug Boynen vor. „Die Karte muss hier irgendwo sein.“

„Im Schrein!“, schmetterte ihm Kiki entgegen.

„Das reimt sich mal wieder“, meinte Boynen lachend. Dann sah er sich um und schlug sich mit der Hand an den Kopf. „Was hast du gesagt? Im Schrein? Vielleicht hast du uns damit den entscheidenden Hinweis gegeben.“ Er wandte sich an Safira. „Los, hilf mir mal bitte, diese Steinplatte anzuheben! Die Schatzkarte könnte wirklich in diesem Sarg hier liegen.“

„Willst du etwa den Sarg öffnen?“, fragte Safira unsicher. „Das macht man doch nicht.“ Aber dann packte sie doch mit an, und gemeinsam gelang es ihnen, den Deckel aufzuklappen.

Als sie einen Blick in den Sarg warfen, war Safira beruhigt. „Puh! Keine Knochen drin – nur ein verschlossenes Tongefäß.“

Boynen holte das Gefäß heraus und machte es auf. Ganz vorsichtig zog er nun eine uralte Karte heraus. „Wir haben sie! Das ist die Schatzkarte.“

Safira sprang vor Freude in die Luft und umarmte Boynen.

„So, und jetzt sollten wir so schnell wie möglich zur *Esmeralda* zurückkehren."

Brummel zog den Zettel aus seiner Tasche und hielt ihn dem Grauhaarigen entgegen. „Dass ihr unseren Passierschein kontrollieren wollt, verstehe ich. Dass ihr uns aber so übel behandelt, dafür habe ich kein Verständnis. Das wird euch noch leidtun, das verspreche ich euch."

Plötzlich nieste der Grauhaarige.

„Gesundheit!", sagte Seebär und reichte ihm ein Taschentuch.

„Danke", erwiderte der ältere Wachmann, nahm es und putzte sich damit die Nase. Doch das hatte Folgen. Denn das Taschentuch war immer noch mit dem stark wirkenden Betäubungsmittel getränkt. Es dauerte nur einen Moment, und der Grauhaarige sackte bewusstlos vor ihren Augen zusammen.

Seebär beugte sich über ihn. „Oh nein", stöhnte er. „Der Arme ist ohnmächtig geworden!" Er wandte sich an den jüngeren Wachmann: „Los, hilf mir mal schnell! Wir müssen irgendetwas tun. Es geht ihm ganz schlecht."

Der Angesprochene zögerte, doch dann eilte er Seebär zu Hilfe und beugte sich besorgt über seinen Kameraden.

Darauf hatte Seebär nur gewartet: Er versetzte ihm einen gezielten Fausthieb, sodass auch der jüngere Wachmann bewusstlos zu Boden sank. Alle atmeten erleichtert auf.

Brummel holte zwei Knebel aus der Tasche und stopfte sie den beiden Männern in den Mund. Danach wurden sie sorgfältig gefesselt und in einen leeren Raum an der Festungsmauer gebracht. Dort würde man sie irgendwann finden und von ihren

Fesseln befreien, aber zu diesem Zeitpunkt würden die Freunde längst auf und davon sein.

Brummel blickte in die Runde. „So, und jetzt nichts wie weg von hier. Wir haben wirklich ganz großes Glück gehabt."

Zwei Stunden nach Mitternacht fanden sich alle fast gleichzeitig auf der *Esmeralda* ein. Es gab viel zu erzählen und eigentlich genügend Anlass, ihre Erfolge gebührend zu feiern. Doch Käpten Sturm befahl ihnen, sich still zu verhalten. Er wollte vermeiden, dass irgendjemand von außen auf sie aufmerksam wurde. Als die Freunde jedoch unter Deck waren, gab es kein Halten mehr.

„Das war ein Geniestreich!", jubelte Seebär.

„Stimmt, wir waren richtig gut!", rief Brummel lachend. Er holte ausnahmsweise eine Flasche Rum hervor und schenkte sich selbst und den anderen ein. Safira bekam nur ein Glas Wasser, was sie jedoch nicht weiter störte. Gemeinsam stießen sie feierlich an.

„Zum Wohl!"

„Auf unsere Erfolge!"

„Wir haben es geschafft!"

Nur Käpten Sturm war nicht zum Feiern zumute. Nein, er war draußen geblieben, stand an der Reling und sah besorgt aufs Meer hinaus. Nach einiger Zeit gesellten sich Brummel, Seebär, Fürst Arthur und Safira zu ihm. Boynen setzte sein Fernrohr ab. „Seht ihr die beiden Schiffe dort vorne?"

Brummel nahm das Fernrohr, blickte hindurch und stutzte. „Das sind keine Handelsschiffe, sondern ..."

„… Piratenschiffe", vollendete Boynen den angefangenen Satz. „Ja, es sind Schiffe, die dem Schwarzen Piraten gehören. Und ich fürchte, dass sie unseretwegen dort vor Anker liegen und die Bucht abriegeln."

„Kommen wir an ihnen vorbei?", fragte Fürst Arthur ein wenig beklommen.

Boynen zuckte mit den Schultern. „Das wird schwer werden. Ich fürchte, dass sie der *Esmeralda* eine geballte Ladung Kanonenkugeln entgegenschmettern werden, sobald wir es versuchen. Nein, wir müssen uns etwas Besseres einfallen lassen, sonst sind wir verloren. Nur habe ich im Augenblick keine gute Idee."

Der Schwarze Pirat sah vom Bug eines seiner Schiffe aus in Richtung *Esmeralda.*

„Ob sie es wohl geschafft haben, die Schatzkarte zu finden?", überlegte der Steuermann und warf seinem Chef einen fragenden Blick zu.

Der Schwarze Pirat schüttelte den Kopf. „Nein, die *Esmeralda* liegt immer noch ganz ruhig vor Anker. Ich vermute mal, dass sie die Insel erst verlassen werden, wenn sie die Karte haben."

„Und dann? Meinst du wirklich, dass sie dann aufbrechen werden? Sie werden doch Fürst Arthur von Waldmünde nicht einfach so im Gefängnis zurücklassen!"

„Glaubst du ernsthaft, dass es jemand versuchen würde, einen Gefangenen aus dieser Festung zu befreien?" Der Schwarze Pirat lachte dröhnend. „Das ist vollkommen unmöglich! So blöd ist niemand. Nein, Käpten Sturm und seine Leute sind Helden –

ja, das gebe ich ganz offen zu. Aber sie sind doch nicht lebensmüde. Die Schatzkarte, die werden sie sich bestimmt holen. Und sobald sie damit in See stechen, schnappen wir sie uns."

„Wie lauten deine Befehle?"

„Beobachtet weiter das Schiff! Wenn sich dort etwas tut, meldet ihr es mir. Ich ziehe mich mal für ein paar Stunden in meine Kajüte zurück – war die ganze Nacht wach und muss noch etwas Schlaf nachholen. Stört mich nicht grundlos, sonst gibt's Ärger."

„Zu Befehl, Kapitän!"

Bist du lebensmüde?", fragte Fürst Arthur die elfjährige Zirkusartistin, nachdem sie wieder einmal eine ihrer ungewöhnlichen Ideen vom Stapel gelassen hatte. „Das ist ein tollkühner Plan, der niemals funktionieren wird."

Brummel starrte sie ebenfalls ungläubig an. „Also, deine Vorschläge werden immer verrückter, Safira."

„Warum nicht?", meinte Boynen nach einer kurzen Gedankenpause. „Safiras letzter Plan hat doch auch funktioniert."

„Aber nur mit sehr viel Glück", wandte Seebär ein.

„Ja, Glück werden wir auch diesmal brauchen", pflichtete ihm der junge Kapitän bei. „Aber wir müssen jetzt etwas tun, womit der Schwarze Pirat nicht rechnet. Nur so haben wir eine Chance, hier heil wieder herauszukommen. Ich stimme Safira zu: So machen wir es!"

Es dauerte einen Moment, doch nach einer kurzen Diskussion ließen sich schlussendlich auch die anderen überzeugen.

Eine halbe Stunde später wurde ein großes Ruderboot zu Wasser gelassen. An Bord waren Käpten Sturm, Safira, Brummel,

Seebär sowie zehn weitere tapfere Matrosen der *Esmeralda*, die sich bereit erklärt hatten, bei der gewagten Mission mitzumachen.

Dichte Wolken hatten sich vor den Mond geschoben, sodass man kaum etwas sehen konnte. Als das Ruderboot schließlich eines der beiden Piratenschiffe erreichte, sagte keiner etwas – jeder wusste genau, was zu tun war.

Safira stieg auf Brummels Schultern und machte von dort aus einen Satz zu einem Balken, der ein Stück aus dem Rumpf des Piratenschiffes herausragte. Dann kletterte sie blitzschnell nach oben und betrat das Deck, wo sie sich sofort hinter einer Wassertonne verschanzte. Ihr Blick fiel auf einen Wächter, der während seines Rundgangs direkt auf sie zukam. Hoffentlich hatte er sie nicht gesehen!

Rasch zog sie ein Blasrohr aus ihrem Rucksack und steckte einen winzigen Betäubungspfeil hinein. Dann legte sie das andere Ende des Rohrs an ihren Mund und blies den Pfeil in Richtung des Wächters. Leider verfehlte das Geschoss sein Ziel und bohrte sich stattdessen in einen Mast.

Safiras Gegner kam immer näher. In wenigen Sekunden würde er sie bemerken. Safira steckte einen weiteren Pfeil in das Rohr und wiederholte das Manöver. Diesmal traf der Pfeil. Der Wächter fasste sich an den Hals, weil er glaubte, eine Wespe hätte ihn gestochen. Doch bevor er überhaupt darüber nachdenken konnte, sackte er schon zusammen. Das Betäubungsmittel wirkte unglaublich schnell.

Nachdem Safira den Wächter außer Gefecht gesetzt hatte, zählte sie noch fünf weitere Männer auf verschiedenen Posten. Der Rest der Mannschaft hielt sich wahrscheinlich schlafend unter Deck auf. Das machte ihr Vorhaben etwas leichter.

Im Schutz des Vorderdecks ließ Safira ein Tau zum Ruderboot hinab. An diesem Seil kletterte nun einer nach dem anderen hinauf, bis sich fast alle Matrosen der *Esmeralda* an Deck des Piratenschiffs befanden. Nur Seebär blieb im Ruderboot und passte darauf auf.

Käpten Sturms Männer schwärmten aus, so leise, dass niemand sie hören konnte. Jeder von ihnen hatte ein Blasrohr und einige Betäubungspfeile dabei. Als alle in Position waren, hoben sie ihre Blasrohre und visierten die fünf übrig gebliebenen Wachen an. Auf Käpten Sturms Handzeichen hin feuerten sie gleichzeitig die Pfeile ab und trafen. Alle fünf Piraten sackten in sich zusammen und blieben bewusstlos liegen.

Ohne auch nur eine Minute Zeit zu verlieren, schlichen die Matrosen nun in die Kajüten. Keiner der dort schlafenden Piraten hatte etwas mitbekommen. Mithilfe des Betäubungsmittels wurden auch sie rasch überwältigt. Innerhalb von nur fünf Minuten hatten Käpten Sturms Leute das gesamte Piratenschiff unter Kontrolle.

Käpten Sturm rief alle zusammen. „Gratulation, Männer! Ich bin mächtig stolz auf euch. Das war ein wahrer Geniestreich. Dieses Piratenschiff gehört uns. Nun müssen wir uns um das zweite kümmern." Er zündete eine Öllampe an und schwenkte sie genau so, wie er es mit den auf der *Esmeralda* verbliebenen Matrosen vereinbart hatte.

Das war das Signal zum Angriff.

Der Schwarze Pirat hatte einen Albtraum. Er träumte, dass er sich auf seinem Schiff befand, während dieses von seinen eigenen Leuten angegriffen wurde. Plötzlich wurde er von einer so heftigen Detonation geweckt, dass er aus dem Bett fiel. Er sprang auf, sah aus dem Fenster seiner Kapitänskajüte und stutzte. Nanu, was war das?

In diesem Augenblick schlug eine Kanonenkugel in den Rumpf ein und ließ das gesamte Segelschiff erzittern. Ein paar Meter weiter explodierte eine der eigenen Kanonen und richtete einen beträchtlichen Schaden an.

Entsetzt verließ der Schwarze Pirat die Kajüte, stürmte aufs Deck und erkannte, was gerade vor sich ging: Er wurde von zwei Schiffen gleichzeitig angegriffen, die aus vollen Rohren ihre Kanonenkugeln auf ihn abfeuerten. Und eines der beiden Schiffe gehörte tatsächlich ihm selbst.

Sein Albtraum war Wirklichkeit geworden.

Weitere Geschosse bohrten sich in den Rumpf. Eine Kanonenkugel mähte den Vordermast um, eine andere den mittleren Mast. In kürzester Zeit war das Schiff so schwer beschädigt, dass es zu sinken anfing.

Die Männer des Schwarzen Piraten ergriffen schnell die Flucht. An Gegenwehr war nicht mehr zu denken. Jeder wusste, dass das Schiff nicht mehr zu retten war.

Der Schwarze Pirat fluchte. Dann sprang auch er über Bord und schwamm mit seinen Leuten zur rettenden Insel hinüber. Er wusste, wem er das alles zu verdanken hatte: Käpten Sturm! Dieser Mann war einfach unglaublich – und er hatte diesen schlauen Fuchs mal wieder vollkommen unterschätzt.

Unterdessen rissen Käpten Sturms Männer vor Freude die Arme in die Luft und jubelten. „Sieg auf der ganzen Linie! Wir haben gewonnen!"

Die von ihnen überwältigten, bewusstlosen Piraten legten sie in mehrere Ruderboote und ließen diese ins Wasser hinab. Sie überließen sie der Strömung, die die Boote geradewegs in Richtung Brondholm trieb.

Nachdem sich Käpten Sturms Leute so der Piraten entledigt hatten, nahmen sie mit zwei Schiffen Kurs aufs offene Meer.

„Das wäre geschafft", meinte Käpten Sturm zufrieden. „Auf zum grünen Diamanten!"

10. TSUNAMI

Die Freunde saßen am Tisch in der Kapitänskajüte und brüteten über der Schatzkarte.

„Also, ich werde aus diesem Dokument kein bisschen schlau", stöhnte Fürst Arthur. „Es ist wie ein Buch mit sieben Siegeln."

Den anderen erging es nicht besser.

„Es gibt überhaupt keine Anhaltspunkte, wo wir mit der Suche beginnen könnten", überlegte Boynen. „Wenn wir wenigstens wüssten, in welche Richtung wir fahren müssen. Dann könnten wir in Ruhe darüber nachdenken, was die merkwürdigen Schriftzeichen auf der Karte zu bedeuten haben." Er schüttelte den Kopf und stand auf.

In der Tat war die Karte so gezeichnet, dass man zwar die Umrisse einer Insel erkennen konnte. Aber der Text, der vermutlich einige Anweisungen enthielt, war nicht zu durchschauen.

In diesem Augenblick kam ein Matrose herein, der aus dem Norden von Skandinavien stammte, um ein paar Kekse und etwas Tee zu bringen. Er warf einen kurzen Blick auf die Karte und stutzte. „Smoltje Kesk", hauchte er und schlug erschrocken die Hand vor den Mund.

Seebär sah ihn verständnislos an. „Was sagst du? Geschmolzene Kekse? Hast du etwa den Tee über die Kekse geschüttet, du Tollpatsch?"

„Nein!", widersprach der Norweger. „Ich sagte: Smoltje Kesk."

„Kannst du uns erklären, was das bedeutet?", erkundigte sich Käpten Sturm.

„Das ist der Name der Insel, die dort auf der Karte abgebildet ist."

„Du kennst diese Insel?"

„Ja, ich kenne sie. Sie befindet sich im äußersten Norden von Skandinavien in einem wahren Labyrinth von Inseln. Wir Norweger meiden sie allerdings – niemand möchte sie freiwillig betreten."

„Gibt es dafür einen speziellen Grund?", fragte Käpten Sturm.

„Eine Legende besagt, dass jeder, der einen Fuß auf diese Insel setzt, sterben muss."

„Aber so etwas ist doch blanker Aberglaube!", entfuhr es Fürst Arthur.

Der Norweger zuckte mit den Schultern. „Mag sein. Aber wenn ich an Smoltje Kesk denke, bekomme ich sofort eine Gänsehaut. Glaubt mir, mit dieser Insel stimmt etwas nicht. Dort lauern viele Gefahren ..."

Käpten Sturm legte freundschaftlich einen Arm um die Schultern des Mannes. „Kennst du den Weg zu dieser Insel? Wie hieß sie doch gleich – Smoltje Kesk? Könntest du uns hinführen?"

„Das kann ich noch nicht sagen. Mein Vater hat sie mir mal gezeigt, als ich ein ganz kleiner Junge war. Na ja, in dieser Gegend kenne ich mich zwar ein wenig aus. Doch der Weg nach Smoltje Kesk führt durch ein wahres Labyrinth vieler kleiner Meerengen. Wenn man einmal drin ist, findet man fast nicht mehr heraus. Es gibt keine Seekarten dieses Gebiets. Aber probieren kann ich es ja."

„Ja, bitte!", bat Käpten Sturm. „Versuch, dich zu erinnern. Bitte bring uns dorthin."

Seit eineinhalb Wochen segelten Käpten Sturms Schiffe nun schon entlang der norwegischen Küste Richtung Norden. Das Wetter wurde immer rauer, die Luft kälter, und so langsam baute sich ein gewaltiger Sturm auf.

„Wir müssen eine Bucht ansteuern, sonst gehen wir unter!", meinte Fürst Arthur stirnrunzelnd.

„Dann verlieren wir aber wertvolle Zeit", entgegnete Boynen, der schon viele Stürme überstanden hatte. Doch als der Wind zu einem Orkan anschwoll und die Wellen immer höher wurden, sah auch er ein: Dieser extremen Naturgewalt konnten die beiden Schiffe unmöglich standhalten. Also nahmen sie Kurs auf einen Fjord – eine Bucht, die vor langer Zeit durch riesige Gletscher gebildet worden war. Der Vorteil an so einem Fjord war, dass er sich kilometerweit ins Land hinein erstreckte und damit einen perfekten Schutz vor Wind bot.

Während das von ihnen gekaperte Piratenboot bereits in den Fjord hineinfuhr, befand sich die *Esmeralda* noch auf dem offenen Meer. Langsam wurde es auch Käpten Sturm mulmig, denn so hohe Wellen hatte er noch nie gesehen. Safira, die ganz bleich im Gesicht war, starrte durch ihr Fernrohr ins Weite. „D... da kommt eine Monsterwelle auf uns zu", stammelte sie. „Ich ... ich sehe sie ganz genau. Sie ist mindestens doppelt oder sogar dreimal so hoch wie die anderen Wellen."

Käpten Sturm riss ihr das Fernrohr aus der Hand und blickte hindurch. Als er die Welle sah, die da auf sie zurollte, wollte er seinen Augen nicht trauen. „Wenn die uns erwischt, sind wir geliefert", murmelte er entsetzt.

Eilig gab er seiner Mannschaft Befehle. „Steuert den großen Felsen dort drüben an! Alle Segel setzen! Wir müssen so schnell wie möglich in die Bucht gelangen, sonst ist die *Esmeralda* Geschichte."

Brummel, der das Steuerrad bediente, hielt geradewegs auf den riesigen Felsen zu, der vor dem Eingang zum Fjord aufragte. Die Matrosen der *Esmeralda* setzten zusätzliche Segel, damit sie schneller vorankamen. Das war sehr riskant, weil dadurch die Masten extrem belastet wurden. Doch Käpten Sturm nahm das Risiko in Kauf. Er wusste, dass ihnen nicht mehr viel Zeit blieb, bevor sie von der Welle erreicht wurden.

Die *Esmeralda* segelte jetzt in einem irrsinnigen Tempo direkt auf den Felsen zu. Ein kleiner Fehler, und sie würden daran zerschellen.

Hinter ihnen hatte sich die Welle zu einem gewaltigen Berg aufgebaut. Sie war gigantisch.

Jetzt waren sie nicht mehr weit von dem Felsen entfernt und spürten schon, wie sich das Wasser hinter ihnen senkte, bevor die Riesenwelle über sie hereinbrechen würde.

In einem Wahnsinnstempo schoss die *Esmeralda* ganz knapp am Felsen vorbei.

„Steuer herumreißen und hinter dem Felsen in Sicherheit bringen!", schrie Käpten Sturm. „Alle Segel einholen!"

Seine Mannschaft befolgte die Befehle gewissenhaft. Innerhalb weniger Sekunden waren alle Segel unten.

In diesem Augenblick donnerte die Riesenwelle gegen den Felsen, der jetzt schützend vor ihnen aufragte. Die Wucht war so gigantisch, dass der mächtige Felsen vollständig überspült wurde und das dahinterliegende Segelschiff kräftig ins Schaukeln geriet. Doch die Gewalt der Welle war durch den rettenden Felsen gebrochen.

Mit vor Staunen weit geöffnetem Mund beobachteten die Seeleute der *Esmeralda*, wie der Rest der Riesenwelle in den Fjord hineinrollte und das Ufer überspülte. Vieles wurde vom Wasser mitgerissen oder zerstört.

„Gut, dass die uns nicht erwischt hat", sagte Seebär viel ernster, als man es von ihm gewohnt war.

Käpten Sturm nickte. „Ja, so eine Welle habe ich noch nie gesehen!" Er blickte in die Runde. „Meiner Meinung nach war das ein Phänomen, das meine Freunde aus Asien *Tsunami* nennen."

Safira starrte ihn an. „Was ist ein Tsunami?"

„Eine Flutwelle, die durch ein starkes Erdbeben im Meer ausgelöst wird. Oder manchmal rutscht auch ein kompletter Berghang ins Meer und verursacht so eine hohe Welle."

Brummel schüttelte wieder und wieder den Kopf. „Also, mir ist es ehrlich gesagt egal, was das war. Ich bin einfach nur froh, dass wir das überlebt haben."

Dem stimmten alle zu.

Käpten Sturm sah in den Fjord hinein. „Schaut, das andere Schiff hat die Welle ebenfalls unbeschadet überstanden. Ich denke, wir gehen hier im Fjord vor Anker. Im Schutz dieser langen Meeresbucht warten wir ab, bis sich der Orkan wieder gelegt hat."

Als die Freunde an diesem Abend in der Kapitänskajüte zusammensaßen, räusperte sich Fürst Arthur. „Ich finde es sehr eindrücklich, was wir heute erlebt haben", sagte er. „Wir wurden durch einen starken Felsen vor einer schlimmen Gefahr bewahrt. Das erinnert mich an etwas, was in der Bibel über Gott steht." Er griff nach einem großen Buch, das auf Käpten Sturms Nachttisch lag, und schlug es auf. „Hört mal, wie hier jemand zu Gott betet:

Herr, bei dir suche ich Zuflucht; lass mich
nicht zugrunde gehen.

Errette mich und befreie mich von meinen Feinden,

denn du bist gerecht.

Erhöre mein Gebet und hilf mir!

Sei mir wie ein schützender Fels, zu dem ich immer fliehen kann,

denn du hast zugesagt, mir zu helfen.

Du bist mein Fels und meine Burg …

Herr, du allein bist meine Hoffnung."

(Psalm 71,1-5)

„Oh ja, ich werde nie vergessen, wie wichtig dieser Fels heute für uns gewesen ist!", erklärte Safira eifrig. „Er hat die ungeheure Wucht der Monsterwelle für uns abgefangen. Glaubt ihr, dass Gott auch so etwas für uns machen will?"

„Selbstverständlich", antwortete Boynen ruhig. „Wenn Aurora hier wäre, könnte sie uns das noch besser erklären. Aber Gott möchte auf jeden Fall, dass wir bei ihm Hilfe suchen. Denn er möchte uns beschützen."

Seebär und Brummel äußerten sich nicht dazu, aber sie waren sehr nachdenklich. Konnte es sein, dass sie vielleicht schon öfter Gottes Hilfe erlebt hatten? Und hatten sie sich eigentlich bei ihm dafür bedankt?

Bevor die Besatzung der *Esmeralda* in dieser Nacht einschlief, wurde manches leise Gebet geflüstert.

Zwei Tage später war der Orkan schließlich abgeflaut. Sie setzten die Segel, verließen den Fjord und fuhren Richtung Norden, allerdings nur mit der *Esmeralda*. Das zweite Schiff ließen sie gut gesichert in der Bucht zurück. Vier Matrosen blieben dort und passten darauf auf.

Es wurde immer kälter, obwohl die Sonne schien. Ein eisiger Nordwind blies ihnen entgegen. Doch es war nicht nur die Kälte, die ihnen das Leben schwer machte. Käpten Sturm musste mit einem Zickzack-Kurs wahre Wunder im Manövrieren vollbringen, um gegen den Wind wenigstens etwas voranzukommen. Dank seiner großen Erfahrung gelang ihm das aber erstaunlich gut.

Die meisten Matrosen blieben unter Deck und versuchten so, die Kälte zu überstehen. Safira fror erbärmlich und zog sich immer mehr Kleider über, bis sie nichts mehr hatte, was sie zusätzlich anziehen konnte.

„Warum ist es denn so kalt?", jammerte sie, als sie zusammen mit Seebär das Mittagessen zubereitete. „Ich denke, wir haben Sommer."

„Das haben wir auch. Aber wir sind hier eben schon ganz weit im Norden. Der Nordpol dürfte nicht mehr allzu weit sein. Und da kann es schon mal passieren, dass es im Sommer so kalt wird wie sonst nur im Winter. Außerdem – sei froh, dass du bei mir in der Küche bist. Da kriegst du wenigstens die Wärme vom Feuer ab." Er wusste nicht, dass Safira ihm nur deshalb jeden Tag so bereitwillig zur Hand ging. Aber das wollte sie ihm natürlich nicht verraten!

Nach zwei Tagen drehte der Wind dann endlich und kam nun aus dem Süden. Dadurch wurde es nicht nur deutlich wärmer, sondern der Wind trieb die *Esmeralda* jetzt auch von hinten in hohem Tempo dem Ziel entgegen.

Nach fünf weiteren Tagen standen Käpten Sturm und der Norweger am Bug des Schiffes und blickten nach vorne. „Dort ist die Inselgruppe, die wir suchen. Wir sind angekommen", erklärte der Matrose.

Käpten Sturm war froh, das zu hören. Noch mehr freute er sich allerdings darüber, dass es ihm endlich gelungen war, die merkwürdigen Schriftzeichen auf der Schatzkarte zu entziffern. Auf der langen Fahrt hatte er genügend Zeit zum Nachdenken gehabt. Dabei hatte er überlegt, ob der Verfasser vielleicht einfach die normalen deutschen Buchstaben durch andere Symbole ersetzt hatte. Er hatte ein wenig herumprobiert und tatsächlich einen Code entdeckt, mit dessen Hilfe er den Text entschlüsseln konnte.

Nachdem die *Esmeralda* in das Insel-Labyrinth eingedrungen war, befahl Käpten Sturm, die Segel einzuholen. „Von nun an wird gerudert." Der Norweger bewies erstaunlich gute Fähigkeiten und navigierte das Schiff sicher durch gefährliche Felsklüfte, Sandbänke und Untiefen.

„Wie machst du das nur?", fragte Safira. „Ich dachte, du warst zuletzt als kleiner Junge hier."

Der Norweger schüttelte den Kopf. „Nein, in dieser Gegend kenne ich mich aus, weil ich vor einigen Jahren noch hier gelebt habe. Allerdings habe ich die Insel selbst zuletzt als kleiner Junge gesehen. Mein Vater und ich haben immer einen großen Bogen darum gemacht, weil er Angst davor hatte." Er wandte sich wieder an Käpten Sturm. „Dort vorne geht es wieder nach Backbord ..."

Die *Esmeralda* brauchte einen ganzen Tag, bis sie ins Zentrum der Inselgruppe vorgedrungen war. Mittlerweile war es Mitternacht und die Sonne schien immer noch. „Wie ist das möglich?", fragte Safira. „Es müsste doch schon längst dunkel sein."

Boynen blickte das wissbegierige Mädchen freundlich an. „Wir sind hier so weit im Norden, dass die Sonne einige Wochen lang nicht untergeht. Im Winter ist es übrigens genau andersherum. Dann herrscht hier wochenlang dunkle Nacht."

Safira fröstelte bei dem Gedanken, tagelang in der Dunkelheit festzustecken, sollten sie die Gegend nicht rechtzeitig verlassen.

„Na, dann sollten wir wohl möglichst bald von hier verschwinden", meinte Seebär amüsiert.

Plötzlich stieß der Norweger einen lauten Schrei aus und zeigte mit zitternder Hand auf eine Insel, die direkt vor ihnen lag. „Da ist sie!", wisperte er. „Smoltje Kesk!"

„Anker werfen!", befahl Käpten Sturm sofort. „Wir sind am Ziel angekommen."

Im Nu fand sich die ganze Mannschaft der *Esmeralda* am Bug des Schiffes ein. Alle sahen zu der geheimnisvollen Insel hinüber, deren Anblick bei den meisten tatsächlich ein Frösteln verursachte. Ein seltsamer Nebel lag über den unzähligen weißen Felsen, die spitz aus dem Boden herausragten. Und in der Mitte dieser Felsen erhob sich ein mächtiger, grünlich blau schimmernder Felsbrocken, der einem riesigen Löwenkopf ähnelte. Unter der Stirn des Löwenfelsens befanden sich zwei Höhlen, die wie stolze Augen aussahen. Jeder, der diese Augen anblickte, wurde förmlich in ihren Bann gezogen. Es war schwer, sich von ihnen wieder zu lösen.

Eingerahmt wurde die Insel von einem idyllisch wirkenden Sandstrand. Er sah so einladend aus, dass Safira dort am liebsten ein paar Zelte aufgeschlagen hätte. Sie ahnte nicht, dass diese Idylle ein Trugbild war.

Smoltje Kesk – war diese Insel wirklich so gefährlich?

Sie würden es bald erfahren.

11. Picknick am Strand

Opa Abraham klappte das Logbuch zu. „So, und jetzt sollten wir uns mal langsam um das Mittagessen kümmern."

„Habt ihr schon was geplant?", erkundigte sich Papa bei Oma Sarah und Mama.

Mama schüttelte den Kopf. „Nein, das haben wir in der Aufregung von heute Morgen total vergessen."

Jetzt meldete sich Oma Sarah zu Wort. „Also, Abraham und ich sind heute sowieso bei einem befreundeten Ehepaar aus der Kirchengemeinde zum Mittagessen eingeladen. Ihr müsst für euch selbst sorgen."

Lenny sprang auf. „Ich habe eine Idee! Wie wäre es, wenn Papa, Mama, Anne und ich mit den Fahrrädern zum Strand radeln würden? Wir machen uns ein schönes Picknick und genießen die Ostsee. Was haltet ihr davon?"

Papa strich Lenny über den Kopf. „Na, da kann ich nicht Nein sagen. Wir haben herrlich blauen Himmel, es ist warm, und man kann an einem Samstag nichts Besseres unternehmen, als einen Ausflug zu machen. Ich bin dabei."

„Wo fahren wir denn hin?", fragte Mama.

„Zum Strand bei der alten Scheune", schlug Anne vor.

„Gute Idee!", rief Lenny. „Dort sind wir schon länger nicht mehr gewesen."

Papa nickte. „Ja, das machen wir. Doch vorher werden wir noch das Picknick vorbereiten."

Nach den unerfreulichen Ereignissen am Vormittag war es für Anne wie ein Traum, mit Papa und Mama zum Strand zu radeln. Und so traurig das mit Papas Kündigung auch war: Jetzt hatte er endlich mal wieder etwas Zeit für sie. Für Anne zählte nur der Augenblick, und der war einfach schön.

Sie fuhr direkt neben Papa und machte mit ihm immer wieder ein Wettrennen, das sie jedes Mal gewann, weil Papa sie gewinnen ließ. Aber das war ihr egal. Das Wichtigste war, dass Papa sie immer noch lieb hatte. Und das zeigte er ihr ganz deutlich.

Lenny radelte neben Mama und beschrieb ihr noch einmal ausführlich, wie sie den neuen Geheimgang entdeckt hatten. „... und als Anne keine Lust mehr zum Suchen hatte, hat sie sich auf einen Teppich gesetzt und dort ein eingesticktes V entdeckt. Da wussten wir, dass wir an dieser Stelle nach dem Geheimversteck suchen müssen. Und stell dir vor – unter dem Teppich war dann tatsächlich die Klapptür, die zur fünften Seefahrerkiste führte."

Mama sah freundlich zu ihm hinüber. „Na, dann hoffe ich mal, dass ihr uns von nun an nicht mehr in unserem Schlafzimmer belauscht."

„Nein, nein", versicherte Lenny eifrig. „So etwas mache ich nie wieder – versprochen!"

Mama lachte. „Darum will ich auch gebeten haben, denn Papa und ich brauchen auch mal einen Rückzugsort, wo wir allein sind und uns ungestört unterhalten können."

Schließlich erreichten sie eine Düne, die das Festland vom Meer trennte. Sie stellten die Räder ab und gingen zu Fuß weiter. Einige Minuten später hatten sie einen großartigen Blick auf das tiefblaue Meer, das einladend vor ihnen lag. Eine leichte Brise wehte, und in ihrer Nase spürten sie das Salz der frischen Seeluft.

„Hier ist es einfach herrlich!", freute sich Mama. „Der Ausflug war eine gute Idee von euch."

„Ja, das sollten wir wirklich öfter machen", stimmte Papa ihr zu. „Wir wohnen so nah am Meer und waren bis jetzt kaum hier."

„Schaut! Dort ist die alte Scheune. Von dort aus führt der unterirdische Geheimgang direkt ins Schmugglerhaus", erinnerte Lenny die anderen.

„Stimmt", sagte Papa. „Wenn man sich vorstellt, dass wir von zu Hause aus einen direkten Zugang zum Meer haben, dann ist das einfach nur fantastisch."

Mama zeigte auf den vor ihnen liegenden Strand. „Ist das alles nicht traumhaft schön? Papa und ich waren übrigens erst letzte Woche hier, als ihr in der Schule wart. Da haben wir auch herausgefunden, dass links neben der Scheune ein Naturschutzgebiet beginnt. Da darf nichts gebaut werden: keine Häuser, keine Hotels, kein Campingplatz. Alles muss so bleiben, wie es ist."

Papa nickte. „Das ist gut. Doch rechts von der Scheune ist eine große Freizeitanlage für Familien-Urlauber geplant, mit Bungalows, Holzhäusern und Mobilheimen. Aber wie immer – nichts Genaues weiß man nicht."

„Nichts Genaues weiß man nicht? Der Satz ist wirklich lustig", kicherte Lenny. Doch dann runzelte er die Stirn. „Hoffentlich wird die Scheune nicht abgerissen. Sonst zerstören sie noch den Geheimgang."

Aber Papa beruhigte ihn. „Nein, die Scheune steht unter Denkmalschutz. Man darf sie nicht abreißen. Der Geheimgang ist also nicht in Gefahr und bleibt erhalten."

Lenny und Anne sahen sich erleichtert an.

Kurz darauf saß Familie Schmidt auf einer großen Campingdecke direkt vor einer alten Steinmauer und machte ihr Picknick. Es gab saftige Tomaten, Paprika, Gurken, Äpfel, Kirschen, Erdbeeren, hart gekochte Eier und frische Brötchen, die mit Käse, Schinken und Salami belegt waren. Während Lenny und Anne Brause tranken, genossen Mama und Papa Kaffee aus einer Thermoskanne.

Als sie fertig gegessen hatten, stellte Lenny eine Frage, die ihm unter den Nägeln brannte. „Papa, jetzt, wo das mit der Kündigung kein Geheimnis mehr ist, kannst du uns doch mal von Anfang an erzählen, was passiert ist, oder?"

Papa zögerte zunächst, doch dann gab er sich einen Ruck. „Ja, wieso nicht – ihr könnt das ruhig wissen." Er richtete sich ein wenig auf und lehnte sich gegen die Steinmauer. „Also, das war so ..."

Niemand wusste, dass sich hinter dieser Steinmauer ein hübscher kleiner Rosengarten befand, der von der Mauer vollständig umschlossen wurde. Und keiner von ihnen ahnte, dass sich dort gerade ein Amerikaner aufhielt. Er legte seine englische Zeitung zur Seite und hörte interessiert auf das, was auf der anderen Seite gesprochen wurde.

Papa kam mit der Erzählung zum Schluss. „Und weil ich ehrlich sein wollte und mich geweigert habe, das Finanzamt zu betrügen, habe ich zwei Tage später die Kündigung in meinem Briefkasten gehabt."

„Leider befindet sich Papa noch in der Probezeit. Deshalb konnte er von heute auf morgen entlassen werden. Ab nächster Woche ist er also arbeitslos und kriegt auch kein Gehalt mehr", erklärte Mama.

„Ist es denn so schlimm, dass Papa arbeitslos ist?", fragte Anne. Dann hob sie belehrend ihren Finger und fuhr fort. „Wisst ihr – ich habe mich in der Schule bei meiner Freundin Clara erkundigt. Ihr Vater ist vor Kurzem auch arbeitslos geworden. Na und? Jetzt bekommt er Geld vom Arbeitsamt, ohne dass er etwas dafür tun muss."

Aber Papa schüttelte den Kopf. „Na ja, wir bekommen zwar Arbeitslosengeld, aber das reicht bei Weitem nicht aus, um die Raten für unser Haus zu bezahlen."

„Und wenn Papa nicht schon bald eine neue Arbeit bekommt, verlieren wir das Schmugglerhaus und müssen uns eine kleine Mietwohnung suchen", ergänzte Lenny.

Mama versuchte, ihnen die Angst zu nehmen. „Wir müssen einfach auf Gott vertrauen."

„Auf Gott vertrauen? Na prima! Das ging ja voll in die Hose!", rief Lenny ärgerlich. „Anstatt für seine Ehrlichkeit von Gott belohnt zu werden, wurde Papa mit einer Kündigung bestraft. Ich denke, Gott ist allmächtig. Warum verhindert er dann nicht so eine Ungerechtigkeit und bestraft stattdessen den unehrlichen Chef?"

Papa sah seinen Sohn traurig an. „Ich verstehe auch nicht alles, Lenny. Aber andererseits will ich Gott nicht nur gehorchen, weil ich dafür etwas erwarte, sozusagen als Gegenleistung. Nein, ich möchte ihm folgen, weil es einfach richtig ist und weil ich Gott lieb habe."

Und Mama ergänzte: „Weißt du, Lenny, der Glaube an Jesus Christus hat manchmal sehr krasse Auswirkungen auf unser Leben. Gott will, dass wir geradlinig und aufrichtig sind, auch wenn es uns etwas kostet. Und manchmal lässt Gott etwas zu, das uns überhaupt nicht passt. Aber Papa und ich haben uns entschieden, Gott treu zu bleiben und das zu tun, was richtig ist."

Alle vier schwiegen.

Schließlich durchbrach Anne die Stille. „Also, ich mache mir keine Sorgen. Gott wird Papa helfen. Warum beten wir nicht einfach darum?"

Mama sah in die Runde. „Ja, das ist gut! Das machen wir, und zwar sofort, hier am Strand!"

Die anderen waren einverstanden, und so beteten sie gemeinsam dafür, dass Gott ihnen helfen würde. Bei Familie Schmidt war es schon lange üblich, vor dem Essen ein

Dankgebet zu sprechen. Und natürlich kannten sie das gemeinsame Gebet aus den Familienandachten, die sie gelegentlich abhielten. Aber so konkret und einmütig hatten sie zu viert noch nie für ein Problem gebetet. Jeder sagte einfach die Worte, die ihm dazu einfielen.

Merkwürdigerweise kam es ihnen allen so vor, als würde Gott ihnen genau zuhören. Sie fühlten sich erleichtert, obwohl sich an der Situation ja noch gar nichts geändert hatte. Aber alle waren plötzlich viel zuversichtlicher als vorher.

Voller Hoffnung packten sie ihre Sachen zusammen, gingen zu den Fahrrädern und fuhren zurück nach Hause.

Unterdessen griff der Amerikaner im Rosengarten zu seinem Mobiltelefon. „Ja, hallo, Klaus! Kannst du für mich mal ein paar Erkundigungen einziehen ...?“

Den Rest des Tages tollten Lenny und Anne auf dem Grundstück des Schmugglerhauses herum. Um 18 Uhr gab es Abendessen. Und danach starteten sie wieder die gemeinsame Leserunde.

12. SMOLTJE KESK

Bevor sie an Land gingen, studierten Boynen, Brummel, Seebär, Safira und Fürst Arthur die ausgebreitete Schatzkarte.

„Wisst ihr, was ich herausgefunden habe?", fragte Boynen mit etwas Stolz in der Stimme.

„Nein, was?", erkundigte sich Fürst Arthur.

„Dass der Text auf der Schatzkarte in ganz normalem Deutsch abgefasst ist."

Safira blickte ihn verwundert an. „Hä, was meinst du damit? Diese merkwürdigen Symbole sind doch absolut unverständlich. Deshalb musstest du den Text doch ins Deutsche übersetzen, oder nicht?"

Boynen schüttelte den Kopf. „Nein, es ist total kurios. Ich musste nichts übersetzen, weil es sich um einen deutschen Text handelt. Allerdings wurde er nicht mit den uns bekannten Buchstaben geschrieben, sondern mit selbst erfundenen Zeichen. Als ich das erkannt hatte, musste ich durch Herumprobieren nur noch den entsprechenden Schlüssel finden, um die Symbole durch Buchstaben des deutschen Alphabets zu ersetzen. Herausgekommen ist dieser Text, den jetzt jeder lesen kann."

Alle waren begeistert.

Boynen las die erste Zeile vor: „Lüfte das Geheimnis des grünen Diamanten. Nur dann entdeckst du den wahren Schatz der Höhle."

„Das Geheimnis des grünen Diamanten", wiederholte Fürst Arthur nachdenklich. „Das klingt sehr aufregend. Wir müssen also nicht nur einen Schatz suchen, sondern auch ein Rätsel lösen."

„Oh nein, wie kompliziert", murrte Seebär. „Mir sind Probleme lieber, die man mit ein paar Fausthieben aus der Welt schaffen kann!"

Boynen lachte amüsiert in sich hinein. So war Seebär nun einmal, das ließ sich nicht leugnen. Er las weiter:

„Sei auf der Hut

am Ort der Gefahren.

Es hilft nicht nur Mut,

darüber sei dir im Klaren.

Mit Sinn und Verstand,

die Augen weit offen,

überwinde den Sand,

erst dann darfst du hoffen."

„Sehr mysteriös", meinte Fürst Arthur und runzelte die Stirn. „Was bedeutet das?"

„Dass wir auf keinen Fall blind drauflosIaufen sollen. Wir müssen immer gut aufpassen, wo wir hintreten, wenn wir dieses Abenteuer heil überstehen wollen."

Boynen nickte. „Danke, Safira. Das hätte ich nicht besser ausdrücken können."

„Wer in aller Welt hat sich diesen Schwachsinn bloß ausgedacht? Der Kerl muss einen gewaltigen Sprung in der Schüssel gehabt haben", schimpfte Seebär.

Doch Boynen schüttelte den Kopf. „Da bin ich anderer Meinung. Dumm war dieser Jemand bestimmt nicht. Aber er muss einen Sinn fürs Geheimnisvolle, fürs Dramatische gehabt haben. Vielleicht war es eine Person, die nicht so viel Wert auf Reichtümer oder Schätze gelegt hat. Sonst hätte sie diesen wertvollen Schatz sicher nicht hiergelassen, sondern hätte ihn selber genutzt und königlich davon gelebt."

„Eben – ich sagte doch, dass der Kerl einen Sprung in der Schüssel gehabt hat", beharrte Seebär auf seinem Standpunkt.

„Anstatt durch lange Diskussionen die Zeit zu vertrödeln, sollten wir jetzt endlich mal loslegen", schlug Brummel vor. „Und wenn ihr mich fragt, dann marschieren wir direkt über diesen herrlichen Sandstrand dort drüben. Ich finde, der sieht wirklich einladend aus."

„Halt!", rief Boynen. „Denk daran, was in diesem Text steht."

„Was meinst du?", fragte Brummel.

„Wir sollen den Sand mit offenen Augen überwinden – für mich ist das ein eindeutiger Hinweis, dass wir uns vor dem Sandstrand in Acht nehmen sollten", erklärte Boynen. „Und es geht noch weiter:

Setz deinen Fuß

nicht auf den Sand.

Wähle den Pfad

der knorrigen Hand.

Rutsche nicht aus,

tritt nicht daneben,

denn wenn's passiert,

dann verlierst du dein Leben.

Das heißt, wir sollen auf keinen Fall über den Sandstrand laufen!" Boynen sprang auf und befahl: „Lasst ein Boot ins Wasser! Wir suchen nach der knorrigen Hand!"

Gesagt, getan. Mit einem Ruderboot fuhren sie um die ganze Insel herum und wurden tatsächlich fündig. „Hier muss es sein!", rief Brummel schließlich. „Etwa zehn Zentimeter unter der Wasseroberfläche ist ein Felsen, der wie eine knorrige Hand aussieht."

„Von dort aus betreten wir die Insel", bestimmte Boynen.

„Wen meinst du mit *wir*?", fragte Safira, die unbedingt beim Erkunden der Schatzhöhle dabei sein wollte.

„Brummel, Seebär, Fürst Arthur und ich", antwortete Boynen. Safiras Namen ließ er absichtlich aus, weil er es liebte, sie ein wenig aufzuziehen. Natürlich hätte er sie niemals allein im Boot zurückgelassen, aber das brauchte sie ja nicht gleich zu wissen ...

Empört stemmte die Elfjährige ihre Hände in die Hüften. „Und warum darf ich nicht mitkommen?", rief sie. „Habe ich euch allen nicht schon oft genug bewiesen, dass ihr mich braucht?"

Brummel grinste vergnügt. „Aber solche Abenteuer sind doch nichts für kleine Mädchen. Deshalb ist es besser, wenn sie sich raushalten", neckte er sie.

Safira wollte schon anfangen, ganz fürchterlich zu schimpfen. Doch dann entdeckte sie das Grinsen auf Brummels und Boynens Gesicht. „Ihr wollt mich nur ärgern", stellte sie erleichtert fest. „Ich darf also mitkommen?"

Boynen zwinkerte ihr zu. „Da fragst du noch? Selbstverständlich bist du dabei, Safira. Wir würden niemals ohne dich losgehen."

Jetzt war sie zufrieden.

Als Erster verließ Boynen das Boot und betrat den unter der Wasseroberfläche liegenden Felsen. Er entdeckte einen Pfad aus Steinplatten, der über den Sandstrand direkt auf den Löwenkopf-Felsen zu führte.

Seebär stellte mal wieder alles infrage. „Warum können wir nicht über diesen herrlichen Sandstrand laufen? Das wäre doch viel bequemer", klagte er, während er ebenfalls aus dem Boot stieg.

Boynen hob einen schweren Stein auf und schleuderte ihn ein paar Meter weiter. Zum Erstaunen aller wurde der Stein sofort vom Sand verschlungen.

„Hilfe!", rief Brummel laut. „Treibsand! Das ist doch tatsächlich alles Treibsand um uns herum!"

„Seht ihr jetzt endlich ein, dass es absolut sinnvoll ist, sich an die Anweisungen auf der Schatzkarte zu halten?", mahnte Boynen. „Wenn wir versucht hätten, über den Strand auf die Insel zu gelangen, wären wir im Treibsand stecken geblieben."

Safira erschauerte bei dem Gedanken und hielt sich ganz dicht hinter Boynen.

Über die Steinplatten hatten sie in kurzer Zeit sicheren Boden erreicht. Nun teilte sich der Weg in einen schmalen und einen breiteren Pfad. Der breite führte direkt in eine große Höhle, die sich am Fuß des Felsens befand und wie der Rachen eines Löwen aussah. Der schmale Pfad wirkte nicht sehr einladend, denn er schlängelte sich über einen steilen Hang ganz nach oben. Und von dort aus führte er über einen schmalen Grat in luftiger Höhe direkt auf den Felsen.

„Wo geht es lang?", fragte Fürst Arthur.

„Ich mag keine Bergtouren", stöhnte Seebär. „Kommt, wir sehen uns mal die Höhle hier vorne an."

Doch Boynen hielt ihn zurück und las die nächste Zeile vor:

„Ein schmaler Grat, das ist der Pfad."

„Wir nehmen den schmalen Weg, der dort hinaufführt", entschied er.

„Na gut! Aber mir tun schon jetzt meine Plattfüße weh", jammerte Seebär.

Sehr vorsichtig stiegen sie nach oben und gelangten über den Grat, den sie von unten gesehen hatten, direkt auf den Felsen. Niemand achtete auf die atemberaubende Aussicht, die sich ihnen hier bot.

„Und wie geht es jetzt weiter?", fragte Seebär, während er sich mit schmerzverzerrtem Gesicht die Füße rieb.

Anstatt zu antworten, las Boynen einfach den nächsten Text vor:

„Der Kopf hat viele Löcher.

Wähle gut,

denn der Weg zur Diamantenhöhle

liegt genau im Zentrum."

„Was soll denn das schon wieder heißen?", rätselte Fürst Arthur.

Safira blickte sich um und wurde fündig. „Also, Löcher gibt es hier sehr viele. Die meisten sind sogar so groß, dass sie ein Höhleneingang sein könnten. Nur welches dieser Löcher ist das richtige?"

„Das, welches genau in der Mitte liegt", beantwortete Boynen ihre Frage.

„Und wie kriegen wir das raus?", fragte Brummel.

„Indem wir uns alle neben eine dieser Öffnungen stellen. So können wir besser überblicken, ob die Höhleneingänge im Kreis angeordnet sind und ob es einen Mittelpunkt gibt", schlug Boynen vor.

Die anderen verteilten sich rasch, um seinem Rat zu folgen. Und sofort wurde klar, wohin sie sich wenden mussten. „Dieses Loch dort liegt genau im Zentrum des Kreises, den wir gerade bilden. Das müsste der Eingang zur Diamantenhöhle sein", erklärte Boynen zufrieden.

Alle fünf eilten zu der betreffenden Öffnung und spähten hinein. „Hier beginnt tatsächlich ein Gang, in dem man aufrecht stehen kann", stellte Seebär fest.

„Zündet eure Lampen an", forderte Boynen die anderen auf. „Wir betreten jetzt sozusagen die Höhle des Löwen ..."

„... oder des grünen Diamanten", kicherte Safira. „Wie man's nimmt."

Sie folgten einem steil abwärts führenden Gang, doch nach wenigen Minuten blieben sie abrupt stehen. Sie waren am Rand einer riesigen Höhle angelangt. Und der Anblick, der sich ihnen jetzt bot, war einfach atemberaubend. Durch viele kleine Öffnungen drang das Licht der Sonne herein, es verlieh der Höhle einen wunderbaren Glanz. Doch was die Freunde am meisten beeindruckte, war das, was sich in einer Schale auf einem großen Tropfstein mitten in der Höhle befand: ein riesiger, grün schimmernder Diamant, der geheimnisvoll funkelte und ein mystisches Licht zu versprühen schien.

Die Freunde waren am Ziel ihrer Mission: Sie hatten den grünen Diamanten gefunden.

Niemand hatte das schwedische Kriegsschiff bemerkt, das der *Esmeralda* die ganze Zeit in sicherer Entfernung gefolgt war. Auf hoher See war es aufgrund seiner perfekten Tarnbemalung nicht zu erkennen gewesen. Den schweren Orkan und den Tsunami hatte es unbeschadet überstanden, weil es rechtzeitig in einer geeigneten Bucht vor Anker gegangen war. Und der Steuermann des Kriegsschiffes hatte durchs Fernrohr genau verfolgt, wie der Norweger die *Esmeralda* durch das Insellabyrinth manövriert hatte.

Nun befand sich das Kriegsschiff hinter der Insel, wo es weder von der Besatzung der *Esmeralda* noch von Kapitän Sturm und seinen Abenteurern gesehen werden konnte.

Als der Anker geworfen war, verließ ein gut gekleideter Adliger seine Kajüte und trat an die Reling des Schiffes. Von dort aus blickte er fasziniert auf den bläulich grün schimmernden Felsen von Smoltje Kesk und murmelte vor sich hin: „Hier also befindet sich die Schatzhöhle des grünen Diamanten. Darauf wäre ich nie gekommen."

Der Kapitän des Kriegsschiffes gesellte sich zu ihm. „Wir sind am Ziel angekommen. Was unternehmen wir? Möchtet Ihr die Insel betreten?"

Der Adlige, Graf Niklas von Skandinavien, schaute ihn böse an. „Nein, ich bin doch nicht lebensmüde! Kein vernünftiger Mensch wagt es, hier an Land zu gehen. Ich kann Euch auch verraten, warum. Die Insel ist vollständig von tückischem Treibsand umgeben. Jeder, der dort hineingerät, versinkt darin."

„Woher wisst Ihr das?", erkundigte sich der Kapitän.

„Diese Insel heißt Smoltje Kesk. Es gibt eine Sage, die ausdrücklich davor warnt, sie zu betreten. Ich bin zwar nicht abergläubisch, aber vor einigen Jahren hat ein skandinavischer Kapitän mit seiner Mannschaft versucht, auf die Insel zu gelangen.

Sie wären beinahe gestorben – sie sind dort an diesem so idyllisch aussehenden Strand im Treibsand stecken geblieben. Nein, mein Bester. Es gibt nur *einen* Zugang zur Insel. Und den kennt ausschließlich Käpten Sturm, weil er die Schatzkarte hat."

Der Kapitän des Kriegsschiffes wunderte sich. „Aber dann ist doch alles in bester Ordnung! Käpten Sturm ist doch hier, weil er für Euch den Schatz besorgen will! Warum lassen wir ihn nicht einfach machen?"

Achselzuckend erwiderte Graf Niklas: „Ich habe eben andere Pläne. Wir nehmen die Besatzung der *Esmeralda* gefangen. Dann zwinge ich Käpten Sturm, mich über den einzig sicheren Weg in die Höhle zu führen, damit ich mir den Schatz selbst holen kann."

Der Kapitän verstand Graf Niklas' Gedanken immer noch nicht. „Aber warum wollt Ihr Euch denn selbst in Gefahr bringen und die Höhle betreten? Käpten Sturm erledigt doch alles für Euch. Der steht zu seinem Wort und übergibt Euch den Schatz, sobald er ihn hat. Verlasst Euch darauf, er ist ein Ehrenmann."

„Da fragt Ihr noch?", erwiderte Graf Niklas kühl. „Die Antwort ist ganz einfach: Wenn Käpten Sturm mir den Schatz übergibt, dann muss ich ihm Aurora von Waldmünde überlassen. So steht es im Vertrag." Der Adlige ballte seine Hände zu Fäusten und schob trotzig sein Kinn vor. „Aber ich will keinen Tausch! Nein! Ich will alles haben! Alles!" Seine Augen glühten vor Gier. „Ich will den Schatz haben! *Und* ich will Aurora von Waldmünde zur Frau haben! Basta! Deshalb muss ich mir den Schatz selber holen."

13. DAS GEHEIMNIS DES GRÜNEN DIAMANTEN

Boynen, Brummel, Seebär, Safira und Fürst Arthur hatten sich in den unteren Teil der Höhle begeben und standen nun direkt vor dem grünen Diamanten.

„Wir haben ihn tatsächlich gefunden", stammelte Fürst Arthur. „Jetzt wird alles gut."

„Worauf warten wir noch?", fragte Brummel. „Los, wir sollten das kostbare Stück schnell einpacken und von hier verschwinden!" Er streckte schon seine Hand aus, um den Riesendiamanten von der Tropfstein-Säule zu nehmen.

Doch Boynen hielt ihn zurück. „Halt! Tu das nicht! Erinnerst du dich daran, was uns in Grönland passiert ist, als unser asiatischer Freund, ohne vorher nachzudenken, etwas von seinem Platz entfernt hat?"

Brummel überlegte. „Stimmt, das hatte ungeahnte Konsequenzen."

„Genau. Wir sollten jetzt nicht den gleichen Fehler machen. Am besten lese ich mal den letzten Teil des Textes vor:

Der Diamant erstrahlt im grünen Licht,

doch der wahre Schatz,

er ist es nicht.

Lass dich nicht blenden

durch seine Pracht.

Wenn du ihn nimmst,

dann wird es Nacht.

Den grünen Diamanten,

den lass stehen,

dann wirst auch du

den wahren Schatz bald sehen."

Fürst Arthur sah Boynen fragend an. „Heißt das, dass wir diesen Riesendiamanten auf der Tropfstein-Säule liegen lassen müssen?"

„Du hast es erfasst", sagte Boynen. „Derjenige, der diesen Text geschrieben hat, warnt uns ausdrücklich davor, den Diamanten anzurühren." Boynen überlegte und wiederholte den letzten Halbsatz des Textes noch einmal: *„Dann wirst auch du den wahren Schatz bald sehen …* Was ist damit gemeint?"

Safira fiel es schwer, ihren Blick von dem Diamanten zu lösen, der durch seine Schönheit und seinen Glanz alles überstrahlte, was sich in der Höhle befand. Deshalb schloss sie die Augen und dachte laut nach. „Starren wir nicht alle pausenlos diese Kostbarkeit an, seitdem wir die Höhle betreten haben?"

Sie hielt kurz inne. „Aber vielleicht ist es ja so: Wenn wir den wahren Schatz der Höhle entdecken wollen, müssen wir uns vom blendenden Glanz des grünen Diamanten abwenden."

Mit geschlossenen Augen drehte sie sich ein wenig zur Seite. Und als sie die Augen wieder öffnete, zwang sie sich, nicht auf den Riesendiamanten zu schauen. Stattdessen richtete sie ihren Blick auf die Wände der Höhle.

Mit einem Mal stieß sie einen Schrei der Überraschung aus.

Es war mittlerweile zwei Uhr nachts. Obwohl die Mitternachtssonne immer noch schien, hatten sich fast alle Matrosen der *Esmeralda* schlafen gelegt. Da niemand in dieser Einsamkeit mit einem Angriff rechnete, waren nur zwei Wachen eingeteilt worden.

Plötzlich erschienen zwölf uniformierte Männer an Deck der *Esmeralda*. Es waren erfahrene schwedische Kämpfer, die eine Spezialausbildung durchlaufen hatten. Deshalb waren sie imstande, sich unbemerkt einem feindlichen Schiff zu nähern und es zu entern. Jetzt richteten sie ihre Pistolen auf die völlig überraschten Wächter. „Keinen Mucks, sonst seid ihr dran!"

Sie fesselten und knebelten die beiden Matrosen, bevor diese ihre Kameraden warnen konnten. Dann wurde auch der Rest von Käpten Sturms Mannschaft gefangen genommen. Alles ging blitzschnell – die friedlich schlafenden Matrosen hatten keine Chance, als sie von den Eindringlingen überrascht wurden.

Jetzt ging auch Graf Niklas an Bord der *Esmeralda*. „Das lief ja wie am Schnürchen. Gut gemacht! Sperrt sie alle in den großen Lagerraum unter Deck ein!"

Nachdem das erledigt war, stellten sich der Kapitän des Kriegsschiffes und Graf Niklas an die Reling und sahen zum Löwenfelsen hinüber. „Jetzt können wir hier in aller Ruhe auf Käpten Sturms Rückkehr warten", sagte Graf Niklas. „Der wird Augen machen. Hahaha!"

In der Höhle hatten sich mittlerweile alle vom Anblick des grünen Diamanten gelöst.

„Was ist das?“, fragte Seebär fasziniert, als er das Glitzern an den Wänden der Höhle bemerkte.

Safira lächelte. „Diamanten – unzählige Diamanten.“ Sie lief zu einer Wand, streckte ihre Hand aus und berührte gleich mehrere davon. „Das glaube ich ja nicht“, entfuhr es ihr. „Man kann sie einfach so aus dem Felsen herausnehmen. Sie liegen ganz locker in winzig kleinen Nischen.“ Behutsam holte sie einen Diamanten heraus, der etwa die Größe einer Kirsche hatte.

Auch die anderen gingen an den Rand der Höhle und staunten.

Boynen fasste die Bedeutung dieser Entdeckung in Worte: „Das ist also der wahre Schatz der Diamantenhöhle. Und durch Safira haben wir das Geheimnis des grünen Diamanten gelüftet.“ Er sprach aus, was jetzt allen klar geworden war: „Das Geheimnis des grünen Diamanten besteht darin, dass man auf ihn verzichten muss, um den wahren Schatz der Höhle finden und bergen zu können: nämlich die vielen kleinen Diamanten, die man leicht übersehen kann. Diese Edelsteine sind der eigentliche Schatz, den man aus dieser Höhle mitnehmen darf.“

Er blickte in die Runde. „Auf! Fangen wir damit an, die kleinen Diamanten einzusammeln.“

„Und was geschieht mit dem grünen Diamanten?“, erkundigte sich Fürst Arthur.

Anstatt zu antworten, las Boynen die letzten beiden Sätze auf der Schatzkarte vor:

„Lass in der Höhle,

was in die Höhle gehört.

Sei zufrieden mit dem,

was du hast."

„Der grüne Diamant bleibt hier", ordnete er an.

Sie brauchten zwei Stunden, bis sie alle Diamanten aus den Nischen geholt und in ihren Rucksäcken verstaut hatten. Ein unvorstellbarer Reichtum befand sich nun in ihrem Besitz. Voller Freude machten sie sich auf den Rückweg zur *Esmeralda*. Zwar fiel es ihnen nicht ganz leicht, den grünen Diamanten zurückzulassen. Aber sie wussten, dass es richtig war.

Als sie sich eine halbe Stunde später mit dem Ruderboot der *Esmeralda* näherten, schien dort alles seltsam ruhig. Boynen hatte das Gefühl, dass irgendetwas nicht in Ordnung war. Deshalb traf er Vorkehrungen. „Hier stimmt etwas nicht. Ich gehe allein an Bord und sehe mich auf der *Esmeralda* um."

„Und was machen wir?", wollte Brummel wissen.

„Ihr setzt mit dem Ruderboot zur nächsten Insel über und versteckt euch samt dem Schatz. Sollte ich mich irren, gebe ich euch ein Signal, dass ihr an Bord kommen könnt."

Am Rumpf der *Esmeralda* hing eine Strickleiter. Boynen kletterte ein Stück hinauf, wartete dann jedoch ab, bis sich das Boot mit seinen Freunden weit genug entfernt hatte. Schnell ruderten die anderen, wie er es angeordnet hatte, zur nächsten Insel. Dort verschanzten sie sich und beobachteten von ihrem Versteck aus, was auf der *Esmeralda* vor sich ging.

Als Käpten Sturm das Deck betrat, bemerkte er sofort, dass die Wachen nicht auf ihrem Posten waren. Er hatte sich nicht geirrt: Irgendetwas war in seiner Abwesenheit passiert. Er zog seine Pistole und sein Schwert und lauschte gespannt.

Da ertönte vom Vorderdeck her eine bekannte Stimme. Sie gehörte Graf Niklas von Skandinavien, der spöttisch lächelnd auf ihn herabsah. „Käpten Sturm! Schön, dass Ihr hier seid. Ihr werdet überrascht sein, mich hier zu treffen. Aber glaubt mir – ich habe meine Gründe."

„Graf Niklas!", rief Käpten Sturm zu ihm hinauf. Mit dem Grafen hatte er wirklich nicht gerechnet. „Was macht Ihr auf meinem Schiff?"

Der Angesprochene antwortete nicht, sondern kam in stolzer Haltung die Treppe herunter. Ihm folgten zwölf schwer bewaffnete schwedische Soldaten, die Käpten Sturm genau im Visier hatten. Ohne auf dessen Frage einzugehen, stellte Graf Niklas eine Gegenfrage, die ihm unter den Nägeln brannte: „Habt Ihr den grünen Diamanten?"

Doch darauf ließ sich Käpten Sturm gar nicht erst ein. „Graf Niklas! Ich habe Euch zuerst etwas gefragt, worauf ich noch immer keine Antwort bekommen habe. Was habt Ihr auf meinem Schiff zu suchen?"

Der Graf verzog sein Gesicht zu einer höhnischen Grimasse. „Ich war so frei, Euer Schiff zu kapern und Eure Mannschaft gefangen zu nehmen. So, und bevor wir darüber reden, warum ich das gemacht habe, erwarte ich von Euch eine Antwort." Er hüstelte. „Noch einmal: Habt Ihr den grünen Diamanten in Eurem Besitz oder nicht?"

„Nein, der grüne Diamant liegt noch immer in der Diamantenhöhle, aber ..."

Graf Niklas unterbrach ihn. „Sehr gut, das hatte ich gehofft. Damit habt Ihr den Vertrag nicht erfüllt, und Aurora von Waldmünde gehört immer noch mir."

„Moment mal!", widersprach Käpten Sturm. „Das ist doch totaler Unsinn. Wir hatten vereinbart, dass ich Euch den Schatz der Diamantenhöhle bis zu Auroras Geburtstag übergeben kann. Ihr bekommt den Schatz, ich bekomme Aurora – so steht es im Vertrag."

Graf Niklas lachte ihn aus. „Anscheinend kennt Ihr mich nicht gut genug, Käpten Sturm. Habt Ihr wirklich geglaubt, dass ich Euch Aurora überlasse? Niemals! Nein, ich lasse mich auf keinen Tausch ein! Ich will alles haben – den Schatz *und* Aurora! Deshalb bin ich Euch gefolgt und werde mir den grünen Diamanten nun selber holen."

„Dann holt ihn Euch doch!", forderte ihn Käpten Sturm ärgerlich auf. „Bitte schön – die Insel liegt Euch zu Füßen, Graf Niklas von Skandinavien."

„Nein!", widersprach der Graf. „Wir wissen beide, dass es unmöglich ist, ohne Schatzkarte zum grünen Diamanten zu gelangen. Ich habe einen besseren Vorschlag: Ihr, Käpten Sturm, begleitet mich dorthin."

„Und wenn ich mich weigere, mit Euch in die Höhle zu gehen?"

„Ihr habt es wohl immer noch nicht begriffen. Ich habe Euer Schiff gekapert und Eure Mannschaft gefangen genommen. Wenn Ihr nicht genau das tut, was ich Euch sage, dann wird es Eurer Mannschaft schlecht ergehen, Käpten Sturm!"

„Das ist Erpressung!"

„Stimmt", kicherte Niklas. „Ungewöhnliche Zeiten erfordern ungewöhnliche Maßnahmen. So bin ich nun mal. Seht ein, dass Ihr verloren habt! Ich hole mir den Schatz selber, und dann gehören der Schatz und die liebliche Aurora mir allein. Und jetzt – lasst uns bitte keine Zeit mehr verlieren, sonst zwingt Ihr mich dazu, Euer Schiff, die *Esmeralda*, zu versenken. Begleitet mich in die Höhle. Sobald ich den grünen Diamanten habe, lasse ich Eure Mannschaft wieder frei."

„Halsabschneider!"

„Danke für das Kompliment."

Als Safira von der Nachbarinsel aus sah, wie Graf Niklas und Käpten Sturm das Schiff verließen, erschrak sie sehr. Das konnte nichts Gutes bedeuten!

Sie überredete ihre Freunde, ebenfalls mit dem Boot zu der Diamanteninsel zu fahren. Graf Niklas und Käpten Sturm schlugen denselben Weg ein, den die Abenteurer kurz zuvor genommen hatten. Und da der habgierige Graf nur noch an den Schatz denken konnte, kam er nicht auf die Idee, sich umzudrehen. Er merkte nicht, dass Safira ihnen in einigem Abstand folgte.

Seebär, Brummel und Fürst Arthur warteten im Ruderboot, während Safira genau beobachtete, wie Graf Niklas und Käpten Sturm sich der Tropfstein-Säule näherten.

Käpten Sturm wusste, was Graf Niklas vorhatte: Er würde den grünen Diamanten aus der kleinen Schale herausholen, um ihn mitzunehmen. Aber genau das würde wahrscheinlich eine Katastrophe auslösen. Käpten Sturm ahnte, nein, mehr noch, er spürte, dass die ganze Höhle einstürzen würde, wenn man den grünen Diamanten von seinem Platz entfernte. So etwas hatte jedenfalls der Verfasser der Schatzkarte angedeutet. Sobald Graf Niklas nach dem Diamanten griff, würde alles sehr schnell gehen.

Käpten Sturm sah sich in der Höhle um. Hier im unteren Teil gab es keinen Ausgang, sondern nur weiter oben. Als er in Richtung des Ganges blickte, über den sie in die Höhle gelangt waren, entdeckte er Safira, die ihm verschwörerisch zuwinkte.

Graf Niklas bemerkte von alledem nichts. Er vergaß alles um sich herum und hatte nur noch Augen für den grünen Diamanten. Von diesem prachtvollen Anblick war er geradezu hypnotisiert.

Mithilfe einiger Gesten versuchte Boynen, Safira zu sagen, was er kommen sah: Graf Niklas würde den Diamanten nehmen und dadurch den Einsturz der Höhle verursachen.

Safira begriff, was Boynen ihr mitteilen wollte. Sie riss vor Schreck die Augen auf und gab ihm eindringlich zu verstehen, dass er so schnell wie möglich zum oberen Ausgang laufen sollte.

Doch Käpten Sturm zögerte. Auch wenn Graf Niklas ein gemeiner Schuft war: Er musste ihn warnen. „Graf Niklas! Bitte lasst den Diamanten in der Schale liegen. Denn sobald Ihr ihn von seinem Platz auf der Säule entfernt, wird vielleicht die ganze Höhle in sich zusammenstürzen. Ich bin mir ziemlich sicher, denn der Text auf der Schatzkarte lässt genau das vermuten. Noch einmal – bitte lasst den Diamanten in der Schale. Hört auf mich!"

Ohne seinen Blick von dem prachtvollen Edelstein abzuwenden, fluchte Graf Niklas laut. „Wie könnt Ihr es wagen, mir Vorschriften zu machen? Der Diamant gehört mir – und niemand kann mich daran hindern, ihn mitzunehmen. Verschwindet von hier! Ich will Euch nicht mehr sehen."

Das ließ sich Käpten Sturm nicht zweimal sagen. So schnell er konnte, rannte er nach oben, wo Safira schon auf ihn wartete. Gemeinsam liefen sie den Gang entlang, der nach draußen führte. Noch bevor sie im Freien angelangt waren, griff Graf Niklas nach dem grünen Diamanten und hob ihn hoch. Mit gierigen Augen starrte er ihn an.

Da passierte, was passieren musste: Ein Mechanismus wurde ausgelöst. Und plötzlich fing die ganze Höhle an zu beben.

Erschrocken blickte Graf Niklas nach oben und sah, wie die Höhlendecke zu wackeln begann. Die Erschütterungen wurden immer heftiger. Schwere Steinbrocken lösten sich von der Decke und stürzten herab.

Käpten Sturm und Safira schafften es gerade noch rechtzeitig, sich ins Freie zu retten. Sekunden später krachte die ganze Decke der Diamantenhöhle herunter und begrub alles unter sich. Graf Niklas, der den grünen Diamanten fanatisch an seine Brust presste, hatte keine Chance zu entkommen.

Safira und Käpten Sturm spürten, wie der ganze Löwenfelsen erzitterte. Zum Glück veränderte sich die äußere Form des Felsens nicht, sodass ihnen der Rückweg nicht versperrt wurde. Rasch folgten sie dem schmalen Grat, gingen den bereits vertrauten Weg entlang und schlugen dann wieder den Steinplattenpfad ein.

An der knorrigen Hand wurden sie von ihren Freunden erwartet, die ihnen besorgt entgegenblickten. Die Erschütterungen durch den Höhleneinsturz waren bis zum Ruderboot zu hören gewesen. Und nun waren alle sehr froh, dass Boynen und Safira nichts passiert war.

Boynen zitierte noch einmal den Text, den er inzwischen auswendig konnte:

„Der Diamant erstrahlt im grünen Licht,

doch der wahre Schatz,

er ist es nicht.

Lass dich nicht blenden

durch seine Pracht,

wenn du ihn nimmst,

dann wird es Nacht.

Den grünen Diamanten,

den lass stehen,

dann wirst auch du

den wahren Schatz bald sehen."

Er schwieg einen Augenblick und fuhr dann fort: „Graf Niklas hat meine Warnung in den Wind geschlagen. Er hat sich leider vom schillernden Glanz des grünen Diamanten blenden lassen und dadurch alles verloren. Und wie auf der Schatzkarte beschrieben, ist in der Diamantenhöhle jetzt für immer dunkle Nacht eingekehrt."

Kurz darauf erreichten sie die *Esmeralda*. Als die Freunde an Bord gingen, trat ihnen der Kapitän des schwedischen Kriegsschiffes entgegen. „Was ist geschehen? Wo ist Graf Niklas?"

Mit ernster Miene berichtete Käpten Sturm ihm alles. „... und dann ist das passiert, was zu erwarten war: Die ganze Höhle ist in sich zusammengestürzt und hat Graf Niklas mitsamt dem grünen Diamanten unter sich begraben. Es ist eine Tragödie. Ich hätte dem Grafen gerne das Leben gerettet, aber er wollte leider nicht auf mich hören."

Zunächst einmal herrschte betroffenes Schweigen. Keiner sagte etwas. Doch dann fand der schwedische Kapitän die Sprache wieder. „Graf Niklas war viel zu stur, um sich von irgendjemandem etwas sagen zu lassen. Ich möchte niemanden verurteilen. Aber ein bekanntes Sprichwort sagt: Wer Böses sät, der wird auch Böses ernten." Traurig sah er Käpten Sturm direkt in die Augen. „Es tut mir von Herzen leid, Käpten Sturm, dass wir Euer Schiff gekapert haben. Das war ein großes Unrecht – und ich habe da leider einfach mitgemacht. Bitte verzeiht mir! Ich würde mich freuen, wenn ich dieses Unrecht wiedergutmachen könnte."

Käpten Sturm war ihm überhaupt nicht böse. „Ich bin froh, dass es Euch leidtut. Gerne verzeihe ich Euch und allen, die daran beteiligt waren. Und ja, Ihr könntet das tatsächlich wiedergutmachen."

„Sehr gerne! Wie denn?"

„Indem Ihr zunächst einmal meine Leute wieder freilasst."

„Selbstverständlich tun wir das. Und weiter?"

„Außerdem könntet Ihr uns mit Eurem Kriegsschiff ein Stück auf dem Heimweg begleiten. Wir haben uns beim Schwarzen Piraten nicht gerade beliebt gemacht. Er könnte uns irgendwo auflauern. Aber wenn er sieht, dass wir ein Kriegsschiff bei uns haben, lässt er uns sicherlich in Ruhe."

Der Kapitän nahm seinen Seemannshut ab und drückte ihn feierlich an seine Brust. „Es ist mir eine Ehre, Euch und die *Esmeralda* zu beschützen. Wir werden Euch mit unserem Kriegsschiff bis nach Hause eskortieren."

Wenig später kehrte er mit seinen Männern zusammen zu seinem eigenen Schiff zurück.

Käpten Sturm wandte sich an seine Mannschaft. „Leute! Wir haben es geschafft. Die Sache ist gut ausgegangen. Und es gibt sogar ganz hervorragende Neuigkeiten. Doch bevor wir euch alles erzählen, müssen wir das Schiff startklar machen. Ihr werdet staunen …"

14. Der wahre Schatz im Leben

Opa Abraham hielt beim Vorlesen inne. „Ich finde, wir könnten zur Abwechslung mal über das reden, was Käpten Sturm und seine Leute begriffen haben."

„Gute Idee", sagte Mama.

Opa Abraham räusperte sich. „Hinter dem Geheimnis des grünen Diamanten steckt eine Lebensweisheit, die auf sehr viele Dinge zutrifft. Sobald man das kapiert, hat man etwas sehr Wertvolles gelernt."

„Wie meinst du das?", fragte Papa.

„Na, schau dich doch mal selber an: Du hast dich bis letzte Woche so tief in deine Arbeit vergraben, dass du gar nicht mehr wahrgenommen hast, was für eine tolle Familie du hast. Zuletzt musstest du, besonders an den Wochenenden, bis spätabends arbeiten und hast weder deine liebe Frau noch deine Kinder beachtet."

„Stimmt", meinte Papa nachdenklich. „Das habe ich heute gemerkt. Ich konnte endlich mal wieder mit meiner Familie einen tollen Ausflug machen."

„Manchmal vergisst man, was wirklich im Leben zählt", bestätigte Mama.

Opa Abraham nickte. „Und ich denke, Andreas, du solltest deiner Arbeit im Hotel nicht nachtrauern. Du musst das Alte loslassen. Nur so kann Gott dir etwas Neues schenken."

„Ja, und manchmal bekommt man von Gott ja auch etwas Besseres, wenn man bereit ist, sich nicht länger an das Alte zu klammern", erklärte Mama.

„Hast du mir nicht mal erzählt, dass es dir auch so ergangen ist, Viola?", warf Oma Sarah schmunzelnd ein. „Wenn ich es

richtig weiß, warst du doch in einen anderen Mann verliebt, bevor du Andreas kennengelernt hast."

Mama blickte ein wenig verlegen zur Seite.

Diese Wendung des Gesprächs fanden Lenny und Anne hochinteressant. „Mama!?! Gibt es da etwas, was wir nicht wissen? Los, Mama, erzähl!", drängten sie.

Mama zögerte, doch Papa zwinkerte ihr aufmunternd zu. Daraufhin berichtete sie: „Na ja, bevor ich euren Papa kennengelernt hatte, war ich in jemand anders verliebt. Er hieß Peter und sah sehr gut aus."

Anne und Lenny hielten sofort ihren Daumen nach unten und buhten Mama zum Spaß aus. Papa, Opa Abraham und Oma Sarah machten mit. Alle mussten lachen und Mama fuhr fort: „Ich war furchtbar aufgeregt, als Peter und ich uns schließlich verabredet haben. Ich hoffte, dass er mich bitten würde, seine Freundin zu werden. Dafür habe ich insgeheim auch ganz eifrig gebetet. Und dann lief bei unserem Treffen alles schief ..."

„Was denn?", hakte Anne nach.

„Nun, zunächst mal haben wir uns verpasst: Wir wollten uns zusammen einen Film anschauen, aber in unserem Wohnort gab es zwei Kinos. Vor welchem der beiden wir uns treffen wollten, hatte ich nicht richtig verstanden. Also habe ich vor dem falschen Kino auf ihn gewartet. Nachdem sich dieses Missverständnis endlich aufgeklärt hatte, war Peter schon ziemlich sauer. Und ich war ihm gegenüber so gehemmt, dass ich kaum ein Wort rausgebracht habe. Danach hat er dann das Interesse an mir verloren."

„Warst du da sehr traurig?", wollte Anne wissen.

„Ja, zuerst war ich todunglücklich. Aber einige Zeit später habe ich Andreas kennengelernt. Wir haben uns von Anfang an richtig gut verstanden. Als es mal ein Missverständnis gab, war er nicht beleidigt, sondern hat nur gelacht. Wir wurden gute Freunde und mit der Zeit habe ich mich in ihn verliebt. Ich habe begriffen, dass er viel besser zu mir passt als Peter." Sie lächelte Papa zu und strich ihm über den Arm. „Ja, Andreas ist für mich der beste Mann der Welt."

„Zum Glück hat Gott damals deine Gebete nicht erhört", überlegte Lenny. „Denn wenn du diesen Peter geheiratet hättest, gäbe es uns beide ja gar nicht."

„Oh ja, stimmt!" Anne riss erschrocken die Augen auf.

„Es dauert also manchmal eine Weile, bis man die wahren Schätze im Leben erkennt", sagte Oma Sarah und zwinkerte ihrer Schwiegertochter zu. Dann wandte sie sich an Opa Abraham. „Das kannst du doch auch bestätigen, oder nicht?"

„Warst du auch in jemand anders verliebt? Erzähl!", forderte Anne ihn neugierig auf.

Opa Abraham grinste übers ganze Gesicht, doch gleich darauf wurde er ernst. „Ich glaube, das meint Oma Sarah jetzt nicht. Sie denkt wohl an die Zeit, in der ich mich noch nicht für den Glauben an Jesus interessiert habe."

„Hast du nicht schon immer an Gott geglaubt?", wunderte sich Lenny.

Opa Abraham schüttelte den Kopf. „Nein, mir waren andere Dinge viel wichtiger. Bevor ich Christ geworden bin, habe ich für alles Zeit gehabt, nur nicht für das Wesentliche."

„Und was hast du da alles gemacht?", erkundigte sich Anne.

„Nun, ich war Klavierspieler in einer Tanzkapelle. Wir waren so gut, dass wir dreimal pro Woche auftreten mussten. Außerdem habe ich Fußball im Verein gespielt. Jedes Wochenende hatte ich ein Spiel. Die restliche Zeit habe ich mit Freunden in der Kneipe verbracht. Ich war so beschäftigt, dass ich keine Zeit und keine Lust hatte, über Gott nachzudenken."

„Und dann?"

„Dann habe ich mich auf dem Fußballplatz mal so schwer verletzt, dass ich vier Wochen im Krankenhaus liegen musste. Die Ärzte sagten mir, dass ich nie mehr Fußball spielen könnte. Für mich brach damals eine ganze Welt zusammen."

„Das tut mir leid, Opa Abraham", sagte Anne bestürzt.

„Das muss dir nicht leidtun, Anne. Im Krankenhaus bekam ich eine Bibel geschenkt, und ich hatte ja viel Zeit, darin zu lesen. Und dadurch habe ich gemerkt, dass ich das Wesentliche im Leben bisher übersehen hatte. Heute bin ich sehr froh, dass ich mir damals diese Verletzung zugezogen habe. Denn sonst wüsste ich vielleicht immer noch nicht, wie toll es ist, Gott zu kennen und mit ihm zu leben."

Für einen Moment herrschte Stille, bevor Opa Abraham fortfuhr: „Ja, ich musste die Dinge loslassen, die mir wichtig gewesen waren, um etwas Besseres zu finden – ein Leben mit Gott."

Er griff nach Käpten Sturms Logbuch. „Wollen wir noch ein wenig weiterlesen?"

„Ja!", riefen alle begeistert.

15. DER LÖWE BRÜLLT

Die Besatzung der *Esmeralda* warf vor der Abfahrt noch einen letzten Blick auf den grünlich blau schimmernden Löwenfelsen. Plötzlich drang ein Geräusch zu ihnen, das aus der großen Höhle am Fuß des Felsens zu kommen schien.

„Der Löwe brüllt", scherzte Brummel und wandte sich ab.

Doch Safira spitzte die Ohren. *Was kann das nur sein?*, überlegte sie, während sie angestrengt lauschte. Da – jetzt hörte sie es wieder. Voller Aufregung wandte sie sich an Käpten Sturm, der gerade mit den Vorbereitungen zur Abfahrt beschäftigt war. „Du, Boynen, da schreit jemand! Ich höre es ganz deutlich."

„Wo schreit jemand?" Er hielt inne, hörte aber nichts. „Du musst dich irren, Safira. Das ist bestimmt nur der Wind."

Safira runzelte die Stirn. „Nein, glaub mir. Da ruft wirklich jemand. Und dieser Jemand befindet sich in der Höhle, die aussieht wie ein Löwenrachen. Bitte lass uns nachsehen!"

Boynen zögerte, doch nach kurzer Überlegung gab er nach. „Na gut. Lass uns nachschauen. Aber wehe, wenn du dich irrst, Safira. Dann darfst du eine Woche lang das Deck schrubben!"

Safira schüttelte selbstbewusst den Kopf. „Für diese Arbeit musst du dir jemand anders suchen. Nein, ich irre mich bestimmt nicht. Da ruft jemand um Hilfe. Wer das wohl ist?"

Wenig später kehrten Boynen, Brummel, Seebär und Safira über die knorrige Hand auf die Insel zurück. Diesmal nahmen sie den breiten Weg, der zur unteren Höhle führte. Mit äußerster Vorsicht betraten sie diese.

Plötzlich hörten alle ein lautes Wimmern, dann eine Stimme: „Hilfe! Hilfe!"

Brummel klopfte Safira anerkennend auf die Schulter. „Du hast recht gehabt, Safira. Ein Mann ruft um Hilfe. Nur, wo steckt der Kerl bloß?"

Sie betrachteten einen Haufen aus großen Felsbrocken, der direkt vor ihnen lag. Und wieder war das Schreien zu hören, laut und deutlich.

„Da ist jemand unter den Steinen", stellte Seebär fest.

Safira pfiff durch die Zähne. „Und ich glaube, wir kennen diesen Jemand sehr gut. Es ist Graf Niklas. Aber das ist doch völlig unmöglich! Oder hat er den Einsturz der Diamantenhöhle etwa überlebt?"

Als erneut ein Hilferuf ertönte, kam ihnen die Stimme bekannt vor.

Boynen schüttelte verwundert den Kopf. „Graf Niklas hat tatsächlich überlebt, unfassbar!"

„Unkraut vergeht nicht!", spottete Brummel grinsend.

Graf Niklas hörte, dass ein paar Leute in der Nähe waren. „Hallo! Wie gut, dass ihr gekommen seid. Ja, ich bin Graf Niklas und stecke hier fest ... in einem Hohlraum unter den Steinen. Bitte holt mich hier raus! Rettet mich!"

Eine halbe Stunde später hatten die Freunde Verstärkung geholt. Der Kapitän des Kriegsschiffes ließ eine spezielle Ausrüstung heranschaffen, mit der sie die dicken Felsbrocken beiseiteräumen konnten. Doch bevor sie mit der Rettungsaktion begannen, wandte er sich an Käpten Sturm: „Ich habe eine Idee. Und ich möchte Euch darum bitten, dass Ihr mitmacht, zu Eurem eigenen Wohl."

„Da bin ich aber gespannt, was Ihr vorzuschlagen habt. Ich höre."

„Graf Niklas ist ein harter Bursche. Wenn wir ihn retten, wird er uns nicht dankbar sein. Nein, stattdessen wird er auch weiterhin darauf bestehen, dass Aurora von Waldmünde seine Frau wird."

Käpten Sturm war entsetzt. „Und wie sollen wir das verhindern? Wollt Ihr ihn lieber in der Höhle sterben lassen?"

„Natürlich nicht! Aber bevor wir ihn da rausholen, muss er einen Vertrag unterschreiben, dass er Euch Aurora von Waldmünde überlässt, und zwar bedingungslos. Erst danach helfen wir ihm."

„Ist das nicht blanke Erpressung?"

Der Kapitän des Kriegsschiffes lachte schadenfroh. „Klar, aber ich finde, dieser Schurke sollte dankbar sein, dass er weiterleben darf nach all dem Unrecht, das er Euch und anderen angetan hat."

„Einverstanden!"

Es lief alles wie geplant. Zunächst wurden nur so viele Steine weggeräumt, dass ein kleines Loch entstand, durch das man mit Graf Niklas reden konnte. Der Kapitän setzte einen Vertrag auf, den Graf Niklas bereitwillig unterschrieb. Anschließend wurde er aus seinem steinernen Gefängnis herausgeholt.

Die Diamantenhöhle sowie der grüne Diamant waren für immer verloren. Dennoch waren Käpten Sturm und seine Leute bester Laune. Denn Graf Niklas hatte vor Zeugen unterschrieben, dass er auf alle seine Forderungen verzichten würde. Außerdem hatten sie das Geheimnis des grünen Diamanten gelüftet und damit einen unglaublich wertvollen Schatz geborgen, der jetzt ihnen gehörte.

Käpten Sturm beschloss, den Schatz unter seinen Männern gerecht aufzuteilen. Jeder sollte den gleichen Anteil bekommen.

Darüber hinaus hatten er und seine Freunde eine wichtige Erkenntnis gewonnen: „Manchmal muss man bereit sein, etwas aufzugeben, um dadurch etwas Neues, etwas Besseres, ja, vielleicht sogar das wirklich Wichtige im Leben zu bekommen", murmelte Käpten Sturm leise vor sich hin. Für ihn gab es jedenfalls etwas, das alle Reichtümer der Welt übertraf: Aurora von Waldmünde. Und glücklicherweise stand der Hochzeit zwischen ihnen beiden nun nichts mehr im Weg.

Käpten Sturm gab den Befehl, die Segel zu setzen. Die *Esmeralda* nahm Kurs Richtung Heimat.

Einige Zeit später erreichten sie den Fjord, in dem das von ihnen gekaperte Piratenschiff vor Anker lag. Von den vier dort zurückgelassenen Matrosen wurden sie begeistert begrüßt. Käpten Sturm stockte die Mannschaft auf, sodass das Piratenschiff in der Lage war, wieder in See zu stechen.

„Was hast du mit diesem Segelschiff vor?", fragte Fürst Arthur neugierig.

„Also, ich brauche es nicht", sagte Käpten Sturm. „Am besten schenken wir es dem Grünen Piraten. Wie wir alle wissen, ist er ja kein echter Pirat, sondern ein Kämpfer für Freiheit und Gerechtigkeit. In seinem Einsatz gegen die Sklaverei kann er so ein Schiff sicherlich gut gebrauchen."

Safiras Gesicht leuchtete auf, als sie das hörte. „Das ist eine sehr gute Idee, Boynen. Dann werden wir schon bald den Grünen Piraten und auch Tafari wiedersehen. Ich freue mich darauf."

Der Kapitän des schwedischen Kriegsschiffes hielt sich an sein Versprechen und eskortierte die *Esmeralda* bis ganz nach Hause. Beim Abschied richtete Käpten Sturm noch eine Bitte an ihn. „Vielleicht könntet Ihr uns noch einen weiteren Gefallen tun? Könntet Ihr Euch dafür einsetzen, dass die Insel Brondholm nicht länger von Piraten besetzt wird? Das wäre für viele Bewohner der Insel bestimmt eine große Erleichterung."

Der Kapitän lächelte. „Diese Bitte gefällt mir. Da lässt sich bestimmt etwas machen. In Kürze treffe ich den schwedischen König. Wenn er hört, was auf Brondholm los ist, wird er sicherlich alles dafür tun, dass die Piraten von der Insel geworfen werden."

Drei Wochen vor Auroras Geburtstag legte die *Esmeralda* im Heimathafen an. Dort gab es eine stürmische Begrüßung. Fürstin Christina und Aurora waren außer sich vor Freude, all die guten Nachrichten zu hören. Die geplatzte Verlobung wurde wenige Tage später mit einem rauschenden Fest nachgeholt.

Als Boynen und Aurora ganz vorne im Saal vor den geladenen Gästen standen, hatten Fürst Arthur und Fürstin Christina eine Frage an das junge Paar: „Und? Habt ihr euch entschieden, wann die Hochzeit stattfinden soll?"

Boynen und Aurora blickten sich tief in die Augen. Aurora übernahm die Antwort. „Genau in zweieinhalb Wochen, an meinem 21. Geburtstag."

Alle Gäste klatschten begeistert in die Hände. Doch Boynen beachtete den Applaus nicht. Stattdessen gab er seiner großen Liebe, Aurora von Waldmünde, endlich den Verlobungskuss.

Aurora von Waldmünde und Käpten Sturm waren damit offiziell verlobt.

Der Schwarze Pirat ärgerte sich noch immer darüber, dass Käpten Sturm ihn derart gedemütigt hatte. Dieser dreiste Abenteurer hatte ihm, dem Schwarzen Piraten, dem gefürchtetsten Seeräuber der Weltmeere, großen Schaden zugefügt. Denn Käpten Sturm und seinen Freunden war etwas gelungen, was vor ihnen noch niemand geschafft hatte: Sie hatten zwei seiner Schiffe versenkt. Und nicht nur das – ein weiteres seiner Schiffe hatte Käpten Sturm gekapert und entwendet.

Das schrie nach Rache.

Wutentbrannt stand der Schwarze Pirat an der Reling des letzten Schiffes, das ihm verblieben war, und brüllte in den Wind hinein: „Käpten Sturm! Glaub ja nicht, dass du mich los bist! An dem Tag, an dem du am wenigsten mit mir rechnest, werde ich dich angreifen und mich rächen. An diesem Tag wirst du vor mir erzittern, ja, mich anflehen, dir gnädig zu sein. Doch es wird für dich keine Gnade geben!"

16. Papa in großen Schwierigkeiten

Es klingelte an der Haustür des Schmugglerhauses. Lenny rannte zur Tür, öffnete sie und sah drei Männer vor sich. „Guten Morgen. Tut uns leid, dass wir so früh stören. Können wir mal bitte deinen Vater sprechen?"

Lenny begutachtete die Fremden misstrauisch. „Wer sind Sie?"

Alle drei lächelten ihn an, und ein Mann mit einer Halbglatze gab ihm die Antwort: „Sagen wir mal so – wir sind Personen, die es gut mit deinem Vater meinen. Es ist sehr wichtig für ihn. Kannst du ihn bitte an die Tür holen?" Der Mann war ein Amerikaner – Lenny erkannte das sofort an seiner Aussprache.

Ohne weiter nachzufragen, drehte Lenny sich um. „Papa, kommst du mal? Da sind drei Männer, die dich sprechen wollen."

„Einen Moment!", rief Papa, der noch im Schlafanzug war. Er zog sich rasch eine Hose und einen Pullover an und eilte zur Tür. „Guten Morgen. Was gibt es denn?"

Ein Mann, der in seinem dunklen Anzug sehr ernst und feierlich aussah, reichte Papa die Hand. „Guten Morgen, Herr Schmidt. Mein Name ist Fritz Gerber. Es ist sehr ungewöhnlich, dass wir hier so früh am Morgen auftauchen, vor allem am Sonntag. Aber die Situation lässt leider nichts anderes zu. Ich bin leitender Beamter der Steuerfahndung. Es geht um eine Strafanzeige gegen Sie. Erschrecken Sie bitte nicht – wir sind da, weil wir Ihnen helfen wollen. Dürfen wir reinkommen?"

Als Papa das Wort *Strafanzeige* hörte, wurde er schlagartig bleich. In seinem Kopf drehte sich alles. „Straf... Strafanzeige ... gegen mich? Können Sie sich ausweisen?"

Herr Gerber zog einen Ausweis aus der Tasche und zeigte ihn Papa. „Ich bin gerade nicht im Dienst, sondern privat hier. Wie gesagt, es läuft ein Verfahren gegen Sie. Jemand hat Sie angezeigt. Aber wir möchten Ihnen helfen."

Papa führte die Männer in die große Küche und bat sie, am Tisch Platz zu nehmen. Lenny und Anne wollten sich ebenfalls dazusetzen, doch Mama schickte die beiden hinaus. „Ihr müsst draußen bleiben", sagte sie ernst und schloss die Tür hinter ihnen.

Empört blickten sich die Geschwister an und wandten sich dann an Opa Abraham, der in der Nähe war und alles mit angehört hatte. „Opa Abraham, was bedeutet Strafanzeige eigentlich?", fragte Anne.

Opa Abraham seufzte. „Irgendjemand hat Papa bei der Polizei angezeigt, weil er glaubt, dass Papa etwas Böses getan hat."

„Muss Papa etwa ins Gefängnis?", rief Lenny entsetzt.

„Das wollen wir nicht hoffen. Doch wie es aussieht, gibt es ein Problem."

„Aber Papa hat doch nichts Böses getan", flüsterte Anne erschrocken.

Opa Abraham schüttelte den Kopf. „Nein, natürlich nicht. Das glaubt anscheinend auch dieser Herr Gerber. Deshalb will er Papa helfen. Aber ich weiß im Augenblick auch nicht mehr als ihr. Warten wir doch einfach ab, was Papa und Mama erzählen, wenn die Männer wieder weg sind."

Nach einer halben Stunde öffnete sich die Tür der Küche. Lenny und Anne waren sofort zur Stelle und versuchten, etwas mitzubekommen.

„Wie schon gesagt – wir glauben, dass Ihr Chef, Herr Antonello, hinter allem steckt. Aber wir brauchen dringend Beweise, sonst sieht es ganz übel für Sie aus, Herr Schmidt."

„Wo soll ich die Beweise hernehmen?", fragte Papa. „Die betreffenden Dokumente liegen im Hotel. Aber dort lässt man mich nicht mehr rein, seit ich entlassen worden bin. Und Kopien habe ich mir auch keine gemacht."

Der dritte Mann, der rote Haare und sehr viele Sommersprossen hatte, lächelte Papa aus seinem runden Gesicht freundlich an. Lenny schätzte ihn auf etwa fünfundzwanzig Jahre. „Genau aus diesem Grund bin ich ebenfalls hier. Ich bin Detektiv und werde mir etwas einfallen lassen. Ich melde mich heute Nachmittag um zwei Uhr bei Ihnen."

Dann verabschiedeten sich die drei Männer.

Als sie weg waren, musste Papa sich erst einmal hinsetzen. Er war ganz blass.

„Was ist denn los?", fragte Lenny unsicher. „Sag doch was!"

Papa strich ihm über den Kopf. „Ach, Lenny! Ich kann es einfach nicht glauben. Um es kurz zu machen: Mein Chef, Herr Antonello, hat mir nicht nur gekündigt. Nein, jetzt behauptet er auch noch, *ich* hätte Steuerhinterziehung begangen – also sozusagen dem deutschen Staat Geld geklaut. Offenbar hat das Finanzamt gemerkt, dass die Steuererklärungen des Hotels nicht stimmen. Und nun schiebt mir Herr Antonello etwas in die Schuhe, das er selbst getan hat. Wenn es mir nicht gelingt, meine Unschuld zu beweisen, komme ich vielleicht ins Gefängnis."

Nach dem Frühstück, bei dem nur wenig gesprochen wurde, fuhr die ganze Familie Schmidt zur Kirche. Doch keiner von ihnen konnte im Gottesdienst aufpassen, weil alle immer wieder an Papas große Schwierigkeiten denken mussten.

Lenny und Anne besuchten den Kindergottesdienst. Auch sie bekamen überhaupt nichts mit von dem, was gesagt wurde. Erst am Schluss hörten sie klar und deutlich, was Daniel, der Kindergottesdienstleiter, erklärte: „Leute, vielleicht sieht es bei

euch gerade ganz übel aus, weil einfach alles schiefläuft. Vielleicht seid ihr gerade total bedrückt und macht euch große Sorgen. Wenn es euch jetzt gerade so geht, dann möchte ich euch einen Bibelvers mitgeben, der in Römer 8, Vers 28 steht:

‚Und wir wissen, dass für die, die Gott lieben und nach seinem Willen zu ihm gehören, alles zum Guten zusammenwirkt.' Hört ihr? Wenn ihr zu Jesus Christus gehört, dann braucht ihr euch keine Sorgen zu machen. Er verschließt Türen und öffnet dafür neue Türen. Gott kann uns sogar durchs Chaos einen perfekten Weg führen und aus dem ‚Mist', den wir anrichten oder der uns passiert, noch etwas Gutes machen. Wir müssen ihm nur wirklich vertrauen lernen. Ja, für Gott ist nichts unmöglich. Er liebt uns und hält, was er verspricht."

„Gilt das auch für Papa?", fragte Anne ihren Bruder.

Lenny nickte. „Ja, auf jeden Fall."

Um 14 Uhr erschien der Detektiv an der Haustür des Schmugglerhauses. Familie Schmidt war soeben mit dem Mittagessen fertig geworden. Mama machte ihm auf, und er trat ins Haus und begrüßte alle. Als Papa ihm die Hand gab, überlegte er. „Wie hießen Sie noch einmal? Ich glaube, ich habe Ihren Namen vergessen."

Der Detektiv lächelte. „Ich habe Ihnen meinen Namen noch nicht genannt. Ich heiße Klaus." Er zog einen Ausweis aus der Tasche und reichte ihn Papa.

Papa betrachtete ihn. „Wenn Sie möchten, spreche ich Sie gerne mit dem Vornamen an, Klaus. Aber mir wäre es lieber, wenn wir dennoch beim Sie bleiben würden."

„In Ordnung." Klaus setzte sich zu ihnen an den Tisch.

„Sollen wir die Kinder rausschicken?", fragte Mama besorgt.

Klaus winkte ab. „Nicht nötig. Inzwischen sind sie sicher auch eingeweiht, oder?" Er warf Lenny und Anne einen fragenden Blick zu, worauf beide eifrig nickten.

„Gibt es Neuigkeiten?", erkundigte sich Papa. Er war sehr angespannt, das konnte man deutlich sehen.

„Na ja, wir haben zusammen das ausgewertet, was Sie uns heute Morgen erzählt haben. Und es bleibt leider dabei: Um Ihrem ehemaligen Chef nachzuweisen, dass er der Schuldige ist, brauchen wir Beweise."

Papa nickte. „Und ich habe Ihnen bereits gesagt, dass die in meinem ehemaligen Büro im Hotel liegen, sicher verwahrt in einem Safe. Da sind sie gut aufgehoben, finde ich."

Doch der Detektiv schüttelte den Kopf. „Nein, wir befürchten nämlich, dass Herr Antonello alle Beweise verschwinden lassen wird, und zwar noch heute."

„Dann müssen wir ihn daran hindern. Kann die Polizei da nicht helfen?", erkundigte sich Papa aufgeregt.

Der Detektiv zog die Stirn kraus. „Das mit der Polizei geht leider nicht schnell genug. Da muss ein Richter eine Hausdurchsuchung anordnen und so weiter und so weiter. Wenn die Polizei dann endlich ins Hotel kommt, hat Herr Antonello schon längst alle Beweise vernichtet. Nein, wenn wir etwas retten wollen, müssen wir sofort handeln."

Papa sah ihn fragend an. „Und wie stellen Sie sich das vor? Ich komme leider nicht mehr an den Tresor ran. Das Personal im Hotel hat strenge Anweisung bekommen, mich auf keinen Fall mehr in mein Büro zu lassen. Meine ehemalige Sekretärin, mit der ich vorhin kurz telefoniert habe, hat mir das verraten."

Opa Abraham setzte sogar noch einen drauf: „Es ist noch viel schlimmer. Ich war heute nach dem Gottesdienst mal kurz im Foyer des Hotels und habe mich umgesehen: Da stehen zwei Wachleute von einem privaten Sicherheitsdienst. Offenbar passen sie auf, dass kein Unbefugter die Büroräume betreten kann. Da kommt keiner rein."

„Der weiß ganz genau, dass ihm die Unterlagen im Tresor gefährlich werden können", entfuhr es Papa. „Der Gauner hat vorgesorgt, damit er in aller Ruhe die Beweise vernichten kann."

„Deshalb bin ich hier", versicherte Klaus. „Ich werde ins Hotel gehen und die Beweise herausholen, und zwar noch heute."

„Aber wie wollen Sie das machen?", fragte Mama kopfschüttelnd. „Sie kommen doch niemals an den Sicherheitsleuten vorbei."

Klaus verzog das Gesicht zu einem schelmischen Grinsen. „Jemand muss mir den Rücken frei halten. Und da kommen Sie als ganze Familie ins Spiel. Wir starten ein Ablenkungsmanöver ..."

17. Familie Schmidt in geheimer Mission

Im Foyer des Hotels blickte der Portier, Herr Mayer, zur Tür hinüber. Ein alter, gebrechlicher Mann kam mit einer vollgestopften Aldi-Tüte herein und sah sich um. Dann ging er schnurstracks zu einer Sitzgruppe im Empfangsbereich und setzte sich neben ein paar Hotelgäste, die dort gerade Zeitung lasen.

„Nanu?", sagte Herr Mayer zu Frau Kiefer, die neben ihm stand. „Kennen wir diesen Mann?"

Frau Kiefer schüttelte den Kopf. „Nein, ich glaube nicht. Bin mir fast sicher, dass der alte Herr kein Gast von uns ist."

Opa Abraham, den Klaus gut verkleidet und geschminkt hatte, damit niemand ihn erkennen konnte, nahm die Plastiktüte auf seinen Schoß. „Mhmm! Lecker!", verkündete er zufrieden und holte einen sogenannten Stinkkäse aus der Tüte. Dieser verbreitete sofort einen unglaublich starken, unangenehmen Geruch. Als Nächstes kramte Opa Abraham umständlich ein Taschenmesser aus der Hose, klappte es auf und schnitt sich ein dickes Stück vom Käse ab.

Die beiden Hotelgäste, die neben ihm saßen, rümpften die Nase. Mit Entsetzen beobachteten sie den alten Mann bei dem, was jetzt folgte. Denn Opa Abraham war noch lange nicht fertig.

Er holte ein Glas mit vergammelten Heringen aus der Tüte, öffnete es, roch daran und verzog sein Gesicht. „Bäh, das riecht ja total übel. Der Fisch ist schlecht." Angewidert stellte er das geöffnete Glas mit dem verdorbenen Fisch auf den Tisch mit den Zeitungen.

Nun hielten es die Hotelgäste um ihn herum nicht länger aus. Einer nach dem anderen legte die Zeitung beiseite und verschwand.

Herr Mayer und Frau Kiefer konnten nicht glauben, was sich da direkt vor ihnen abspielte. Also wirklich! Nein! Wie sich dieser alte Mann hier verhielt, ging ja gar nicht. Es musste ganz schnell etwas unternommen werden. Sonst würden sich bald aufgebrachte Hotelgäste über ihn beschweren. Rasch verließen die beiden Angestellten die Empfangstheke und stellten sich vor Opa Abraham, der soeben eine dicke Wurst auspackte.

Herr Mayer rümpfte dezent die Nase und sprach den Eindringling an. „Entschuldigen Sie, mein Herr! Sind Sie Gast bei uns?"

Opa Abraham drehte seinen Kopf zu ihm, legte seine Hand ans Ohr und tat so, als ob er schwerhörig sei. „Was haben Sie verpasst? Nein, danke, ich habe alles, was ich brauche. Aber bitte sprechen Sie lauter."

In diesem Augenblick kamen zwei Kinder auf Inlineskates ins Hotel geschossen. „Du! Das macht Spaß hier!", grölte der Junge, der etwa elf Jahre alt war. „Die Rollen laufen hier total gut. Los, fang mich!" Er sauste einmal quer durch das Foyer.

Das Mädchen, etwa acht Jahre alt, folgte ihm, so schnell es konnte. Niemand bemerkte, dass es sich bei den beiden Kindern um Lenny und Anne handelte, denn auch sie waren gut verkleidet und geschminkt. Zudem hatten sie lustige Sonnenbrillen und rote Perücken auf.

Lenny raste mit seinen Inlinern auf Opa Abraham zu und fuhr so nah an ihm vorbei, dass er ihm die Plastiktüte vom Schoß stieß. Sie knallte zu Boden und zerplatzte. Sofort rollten viele Äpfel, Kirschen, Kartoffeln und Radieschen heraus und verteilten sich im ganzen Foyer.

Frau Kiefer schlug die Hände über dem Kopf zusammen. „Hilfe! Was ist denn hier los?"

Als ob er nur auf dieses Stichwort gewartet hätte, betrat ein junger Italiener die Hotellobby. Es war Mario, Lennys Freund, dessen Vater eine Pizzeria besaß. Lenny hatte ihn überreden können, mitzumachen. Und diesmal war Mario gerne dabei. Auf seinen Armen trug er einen Stapel Pizza-Pappschachteln, stürmte auf die Angestellten zu und rief laut: „Piiizzadiiienst! Die Piiizza ist daaa! Die Piiizza ist daaa! Leckere italienische Piiizza! Wer von euch hat diese Piiizzas bestellt?"

Jetzt wurde es Herrn Mayer zu bunt. Er griff nach seinem Handy und rief die beiden Sicherheitsleute an, die Herr Antonello für dieses Wochenende eingestellt hatte. „Könnt ihr mal ganz schnell kommen? Hier vorne herrscht das totale Chaos! Wir brauchen dringend Unterstützung."

Keine halbe Minute später erschienen die Sicherheitsleute im Foyer und wurden sofort von den beiden frechen Kindern angerempelt.

„Hey, könnt ihr nicht aufpassen?", schnauzte sie einer der beiden Wachleute an und versuchte, Lenny zu packen. Doch der konnte ausweichen und fuhr ihm davon.

In diesem Moment betrat eine alte Frau mit ihrem Rollator die Hotellobby und rief den Sicherheitsleuten zu: „Hallo, ihr jungen Männer! Könntet ihr mir sagen, wo hier eine Toilette ist? Ich würde mich gerne frisch machen."

Keiner beachtete sie.

„Na gut, dann suche ich mir selber eine Toilette." Schwerfällig stapfte sie mit ihrem Rollator umher und ließ dabei ein paar zerknüllte Taschentücher herunterfallen.

Herr Mayer, Frau Kiefer und die beiden Wachleute sahen sich verzweifelt an. Was war hier eigentlich los? Wieso tauchten hier plötzlich so viele merkwürdige Personen auf? Die Hotelangestellten waren völlig überfordert und hatten alle Hände voll zu tun, um mit der Situation zurechtzukommen.

Diese Gelegenheit nutzte Klaus. Unauffällig kam er herein und marschierte zunächst in Richtung der Hotelzimmer. Jeder sollte annehmen, dass er ein ganz normaler Gast sei. Doch am anderen Ende des Foyers betrat er den in diesem Augenblick unbewachten Durchgang, der zu den Büroräumen führte. Dabei wich er geschickt der Kamera aus, die diesen Bereich überwachte. Papa hatte ihm zuvor alles genauestens beschrieben.

Zielstrebig lief er zu Papas Büro und stand vor einer verschlossenen Glastür. Doch für einen erfahrenen Detektiv stellte das überhaupt kein Hindernis dar. Er packte sein Spezialwerkzeug aus und öffnete das Schloss innerhalb von nur zehn Sekunden. Rasch betrat er das Büro und schloss die Tür von innen ab. Falls jemand die Bürotür überprüfen würde, musste alles so sein wie vorher.

Nun inspizierte er das Zimmer und entdeckte sofort den Tresor. Dort gab er die Zahlenkombination ein, die Papa ihm genannt hatte. Erleichtert stellte Klaus fest, dass sie noch nicht geändert worden war. Im Innern des Tresors befanden sich viele Akten sowie mehrere Festplatten und USB-Sticks. Klaus wusste, was er davon mitnehmen musste. Gezielt griff er nach einem der Ordner und packte auch eine Festplatte in seine Aktentasche.

Dann verschloss er den Tresor und wollte gerade wieder gehen, als er durch die Glastür hindurch im Gang eine Bewegung wahrnahm. Schnell duckte er sich und verschanzte sich hinter dem Schreibtisch, der vor dem Fenster stand. Aus der Deckung heraus sah er, dass ein Wachmann direkt auf das Büro zukam.

Klaus ärgerte sich, weil er einen dritten Wachmann in seiner Planung nicht berücksichtigt hatte. Sein Puls ging schneller, denn sein jetziges Versteck war nicht sehr gut. Hektisch schaute er sich im Büro um. Doch es gab nirgends einen Platz, wo man ihn keinesfalls entdecken konnte. Vorsichtig kroch er daher an dem Bürostuhl vorbei, ohne dass dieser sich bewegte, und zwängte sich unter den engen Schreibtisch.

Der Sicherheitsmann schloss die Tür zu Papas ehemaligem Büro auf. Er trat ein und gähnte. Dann marschierte er am Schreibtisch vorbei aufs Fenster zu.

Klaus geriet mächtig ins Schwitzen. Ein falscher Blick des Sicherheitsmannes genügte, und er war geliefert. Der Wachmann zog nun sogar den Schreibtischstuhl vor, drehte ihn ein wenig und setzte sich darauf, den Blick zum Fenster gewandt. Anscheinend wollte er sich hier einfach mal ausruhen. Zufrieden lehnte er sich in dem bequemen Bürostuhl zurück, legte seine Füße auf den Fenstersims und schaute in den Hotelgarten hinaus.

Klaus, der sich nur einen halben Meter hinter ihm befand, konnte es in der Enge seines Verstecks fast nicht mehr aushalten. Er wagte es nicht, sich zu bewegen. Aber das Schlimmste war, dass er in seiner Nase einen starken Niesreiz verspürte. Der Drang zum Niesen wurde so stark, dass er ihn nicht mehr lange unterdrücken konnte.

Vorsichtig kniff er sich mit Zeigefinger und Daumen die Nase zu. Doch er merkte, dass das nicht auf Dauer half. Was sollte er nur tun?

Da klopfte es plötzlich an der Tür. Der Sicherheitsmann sprang auf, wandte sich zur Tür und öffnete sie.

Einer der beiden anderen Wachleute stand vor ihm und schimpfte. „Kannst du mal bitte in die Lobby kommen, anstatt

hier faul herumzuhängen? Wir brauchen ganz dringend deine Hilfe."

„Kein Problem!", sagte der Angesprochene und verließ den Raum.

Klaus atmete erleichtert auf. Er wartete, bis die beiden Sicherheitsleute aus dem Flur verschwunden waren. Dann verließ auch er das Hotel, allerdings über einen Notausgang.

Er hatte es geschafft.

Im Foyer herrschte immer noch Chaos. Doch als Oma Sarah über ihr Handy die lang ersehnte Nachricht von Klaus bekam, dass alles erledigt war, keifte sie laut: „Na gut! Wenn mir hier keiner helfen will, gehe ich wieder und suche mir woanders eine Toilette."

Das war das Signal für ihre Verbündeten, die nun ebenfalls einer nach dem anderen aus der Hotellobby verschwanden. Als Letzter stand auch Opa Abraham auf und blickte Herrn Mayer und Frau Kiefer schuldbewusst an. „Ist das hier nicht das Max-Weber-Heim in Bodenwald?"

„Nein, das hier ist ein Hotel."

Opa Abraham legte wieder seine Hand ans Ohr. „Ein Klo-Tell?"

Frau Kiefer schüttelte den Kopf. „Nein, hören Sie! Das hier ist ein Hotel!"

Opa Abraham, der mittlerweile alle seine Sachen wieder beisammen hatte – die Sicherheitsleute hatten ihm dabei geholfen –, setzte eine betrübte Miene auf. „Oh nein! Das tut mir aber leid. Dann gehe ich am besten wieder."

Herr Mayer und Frau Kiefer begleiteten ihn erleichtert nach draußen. „Ja, bitte gehen Sie und kommen Sie niemals wieder."

„Darauf könnt ihr Gift nehmen", murmelte Opa Abraham leise in seinen falschen Bart hinein.

Etwa fünfzig Meter vom Hotel entfernt traf sich die ganze Gruppe wieder.

„Denen haben wir aber kräftig eingeheizt", rief Mario lachend. „Hat mir richtig Spaß gemacht."

„Voller Erfolg!", jubelte Lenny, der sich wie Anne seine Inlineskates wieder ausgezogen hatte.

Anne strahlte und hüpfte vor Freude im Kreis herum.

Auch Opa Abraham war voll und ganz zufrieden mit dieser „Spezialeinheit". „Ich finde, wir waren ein super Team."

Klaus blickte einen nach dem anderen freundlich an und lobte seine Helfer. „Ihr wart unglaublich gut. Besser hättet ihr mir den Rücken nicht frei halten können. Jetzt haben wir alle Unterlagen, die wir brauchen, und können die Unschuld von Herrn Schmidt beweisen."

Papa, der mit Mama dazugekommen war, klopfte dem Detektiv anerkennend auf die Schulter. „Das haben Sie sehr gut gemacht, Klaus. Ich danke Ihnen, dass Sie für mich Kopf und Kragen riskiert haben."

„Keine Ursache. Ich werde von dem Amerikaner ja gut dafür bezahlt."

„Der Amerikaner?", fragte Papa erstaunt.

„Ja, das ist der ältere Herr, der heute Morgen mit dabei war. Ihm haben Sie alles zu verdanken. Aber er wird sicherlich noch auf Sie zukommen. Dann können Sie ihn selber fragen, warum er sich so für Sie eingesetzt hat."

Klaus wandte sich zum Gehen, doch Opa Abraham hielt ihn auf. „Klaus, könnten Sie uns noch etwas über sich sagen? Ich habe bisher noch nie etwas von einem Detektivbüro in Bodenwald gehört, geschweige denn von Ihnen."

„Aber klar doch. Ich wohne nicht in Bodenwald, sondern in Düsseldorf. Dort habe ich auch meine gut laufende Detektei." Er

zog eine Visitenkarte aus der Tasche und reichte sie Opa Abraham. „Mein vollständiger Name lautet Klaus Bogenschütz. So, und jetzt muss ich los. Macht's alle gut!"

Nach diesem aufregenden Abenteuer kehrte Familie Schmidt hochzufrieden ins Schmugglerhaus zurück. Wieder und wieder mussten sie darüber reden, wie hervorragend es ihnen gelungen war, die Hotelangestellten abzulenken. Bestimmt würde jetzt alles gut werden!

Dann gab es erst einmal ein leckeres Abendessen.

„Habt ihr eine Idee, was wir den restlichen Abend machen könnten?", fragte Mama.

„Lesen, lesen, lesen!", riefen alle wie im Chor.

Opa Abraham nahm das Logbuch zur Hand, und gemeinsam verfolgten sie gespannt, wie die Geschichte von Käpten Sturm weiterging.

18. GLÜCKLICH VEREINT?

Die Zeit bis zu Auroras Geburtstag und damit zum Tag der Hochzeit war sehr kurz. Viele Vorbereitungen mussten getroffen werden. Boynen und Aurora entschieden sich, in einer Kirche direkt am Meer zu heiraten.

Dann kam der große Tag. Die Kirche war brechend voll. Alle Bewohner des Fürstentums wollten die Trauung miterleben. Jeder freute sich mit dem jungen Brautpaar, dessen Traum nun endlich wahr wurde. Die Musik spielte, und das Brautpaar trat durch den Haupteingang der Kirche und schritt zum Altar. Boynen musste beim Nach-vorne-Gehen dauernd Aurora betrachten, die in ihrem traumhaft schönen weißen Kleid wie eine Märchenprinzessin aussah.

Vor dem Altar standen zwei mit rotem Samt überzogene Stühle, auf denen das Brautpaar nun Platz nahm. Der Pfarrer trat vor die Gemeinde. Doch anstatt sofort mit der Trauzeremonie zu beginnen, hielt er zunächst einmal eine nach Safiras Meinung viel zu lange Predigt. Die Elfjährige konnte es nämlich kaum noch erwarten, dass es endlich losging. „Was muss der Pfarrer denn so lange reden?“, murmelte sie wieder und wieder vor sich hin.

Nach der Predigt war es so weit, endlich. Der Pfarrer bat das Brautpaar, aufzustehen. „Liebes Brautpaar! Liebe Gäste! Wir sind hier in der Kirche von Waldmünde zusammengekommen, weil Kapitän Wilbert Boynen Sturm und Fürstin Aurora von Waldmünde zusammen in den heiligen Bund der Ehe treten möchten.“ Er ließ seine Augen über die Versammlung schweifen. „Doch bevor die Trauung stattfinden kann, frage ich die hier versammelten Anwesenden, ob es jemanden gibt, der gegen diese Ehe etwas einzuwenden hat. Derjenige melde sich hier und jetzt, oder er schweige für immer!"

In diesem Moment wurde mit einem lauten Krachen die Kirchentür aufgestoßen. Ein bärtiger Seemann mit einem Piratenhut auf dem Kopf, in jeder Hand eine Pistole, stampfte herein. Es war der Schwarze Pirat höchstpersönlich. „Ich!", brüllte er laut. „Ich habe gegen diese Trauung etwas einzuwenden. Denn sie wird nicht stattfinden! Heute nicht, morgen nicht, niemals!"

Entsetzt sprangen alle Anwesenden von ihren Bänken auf.

Der Schwarze Pirat zielte mit einer Pistole auf die Kirchendecke und drückte ab. Zum Glück traf die Kugel nur einen Holzbalken und blieb darin stecken. Aber der Lärm, der von den Wänden widerhallte, war ohrenbetäubend.

„Hinsetzen, alle!", rief der Schwarze Pirat nun.

Alle gehorchten, und es wurde ganz still in der Kirche.

„Und nicht, dass jemand auf dumme Gedanken kommt! Die Kirche ist von meinen Leuten umstellt. Sie sind alle bis an die Zähne bewaffnet." Der Schwarze Pirat richtete jetzt beide Pistolen auf Käpten Sturm und marschierte auf ihn zu.

Aurora fing an zu weinen und hielt krampfhaft Boynens Hand fest.

„Hallo, Käpten Sturm!", rief der Schwarze Pirat seinem Erzrivalen zu. „Hast du wirklich geglaubt, dass du so einfach davonkommst? Du hast mir schweren Schaden zugefügt. Zwei meiner Schiffe hast du versenkt. Und ein weiteres hast du mir gestohlen. Jetzt bin ich hier, um mit dir abzurechnen."

Käpten Sturm blieb erstaunlich ruhig. „Müssen wir unsere kleine Unstimmigkeit unbedingt hier besprechen? Schau mal – die Leute in der Kirche haben rein gar nichts damit zu tun. Lass uns nach draußen gehen. Dort können wir sicherlich alles klären."

Der Schwarze Pirat wollte seinen Ohren nicht trauen. Wie konnte dieser verrückte Abenteurer in so einer gefährlichen Situation nur so ruhig sein? Und wo blieb sein Respekt ihm gegenüber? „Du machst dich über mich lustig! Kleine Unstimmigkeit? Dein Humor wird dir noch vergehen! Aber in Ordnung – lass uns die Sache draußen regeln. Du gehst voran."

„Mach dir keine Sorgen, Aurora. Es wird alles gut", flüsterte Boynen seiner Braut zu, die laut schluchzte. Dann schritt er erhobenen Hauptes ohne Furcht aus der Kirche. Der Schwarze Pirat folgte ihm.

Draußen angekommen wurde Käpten Sturm sofort von Piraten umringt und gefangen genommen. Sie fesselten ihn an den Händen, nahmen ihn in ihre Mitte und machten sich auf den Weg zum Ufer, wo ihr Schiff vor Anker lag. Einige der Piraten blieben bei der Kirche zurück und bewachten die Ein- und Ausgänge, damit ihnen niemand folgen konnte.

„Was hast du mit mir vor?", fragte Käpten Sturm seinen schlimmsten Feind.

„Mach dir darüber keine Gedanken. Das erfährst du spätestens, wenn wir auf meinem Schiff sind. Aber glaub mir, jedenfalls nichts Gutes. Du wirst für alles, was du mir angetan hast, teuer bezahlen. Hahaha!"

19. Der geheimnisvolle Amerikaner

Opa Abraham schaute auf die Uhr. „Oh nein! 23 Uhr. Wir haben total die Zeit vergessen."

„Können wir nicht noch ein klein wenig …", bettelte Lenny zaghaft.

„Nein!", unterbrach ihn Mama mit Nachdruck. „Anne und du, ihr müsst dringend ins Bett. Wir lesen die Geschichte morgen Nachmittag zu Ende."

Beide Kinder wussten, dass jeder weitere Protest zwecklos war.

Am anderen Morgen kamen sie fast nicht aus dem Bett. Doch diesmal hatte Mama vorgesorgt und gleich drei Wecker gestellt. Und sie schaute höchstpersönlich nach, ob die Kinder rechtzeitig aufstanden.

Der Unterricht an diesem Morgen kam Lenny und Anne unerträglich lang vor. Lenny brachte es sogar fertig, im Deutschunterricht einzuschlafen. Doch glücklicherweise wurde er von Mario geweckt, bevor der Lehrer es bemerkte.

Endlich läutete die Schulglocke nach der letzten Stunde. Mario puffte seinen Freund an die Schulter. „Du, mein Papa möchte euch heute Abend in seine Pizzeria einladen. Er ist euch immer noch dankbar, weil ihr ihm neulich so geholfen habt. Ohne euch säße er jetzt vermutlich im Gefängnis."

Lenny grinste vergnügt. „Du weißt doch, dass Pizza mein Lieblingsessen ist, oder nicht? Und meine Familie hat sicher auch nichts gegen ein leckeres Essen einzuwenden. Wann sollen wir kommen?"

„So gegen sieben, hat mein Papa gesagt."

„Super – bis dann!" Lenny, der einige Zeit in der Klasse gemobbt worden war, freute sich riesig. Was für ein toller Freund war Mario doch! Und aus der Sympathie zwischen ihm und Mario hatte sich mittlerweile sogar eine dicke Freundschaft zwischen ihren beiden Familien entwickelt.

Nach dem Mittagessen klingelte das Telefon und Papa ging ran. Herr Gerber, der Steuerfahnder, war am Apparat. „Ja, Herr Gerber? Gibt es Neuigkeiten?"

„Erfreuliche Neuigkeiten, Herr Schmidt. Ich habe inzwischen einen Teil der Dokumente ausgewertet, die Herr Bogenschütz für uns besorgt hat. Damit lässt sich ganz eindeutig Ihre Unschuld beweisen. Herr Antonello wird angezeigt, und Sie können aufatmen."

„Ganz herzlichen Dank, Herr Gerber. Ach – eine Frage hätte ich noch."

„Ja, gerne."

„Warum haben Sie sich so sehr für mich eingesetzt? Ich meine – Sie kennen mich doch gar nicht."

„Das, mein lieber Herr Schmidt, soll Ihnen der Amerikaner selber sagen, der gestern Morgen mit dabei war. Die ganze Sache ging von ihm aus. Er hat mich auch dazu überredet, meine freie Zeit am Wochenende zu opfern und Sie aufzusuchen. Ich glaube, er wird sich heute Nachmittag noch bei Ihnen melden."

Herr Gerber wollte das Gespräch schon beenden, doch Papa war hartnäckig. „Hat der Amerikaner auch einen Namen? Ich weiß bisher noch überhaupt nichts von ihm."

„Bisher wollte er anonym bleiben. Aber, wie schon gesagt, er wird sich bald bei Ihnen melden. Dann können Sie sicherlich alle noch offenen Fragen klären."

Eine halbe Stunde später klingelte erneut das Telefon. Es war der geheimnisvolle Amerikaner. Alle scharten sich um das Telefon, doch nur Papa hörte, was am anderen Ende gesagt wurde.

Schließlich legte Papa auf und blickte in die erwartungsvollen Gesichter seiner Familie. Schmunzelnd verkündete er: „Der Amerikaner lädt uns in seinen Rosengarten zu Kaffee und Kuchen ein. Er möchte, dass wir ihn um 16 Uhr am Strand bei der alten Scheune treffen."

„Das ist ja spannend", entfuhr es Mama. „Und? Hat er sonst noch etwas gesagt?"

„Nein, außer dass die ganze Familie dabei sein soll – auch Opa Abraham und Oma Sarah."

„Fahren wir wieder mit den Fahrrädern?", wollte Lenny wissen.

„Nein. Diesmal fahren wir alle mit dem Auto. Das geht schneller."

Zum Glück hatte Familie Schmidt ein Fahrzeug mit sieben Sitzen, sodass alle hineinpassten. Pünktlich um 16 Uhr waren sie am Strand. Da stand er, der ältere Herr mit dem freundlichen Gesicht. „Schön, dass ihr alle gekommen seid!", sagte er, wobei man wieder deutlich seinen amerikanischen Akzent heraushören konnte. „Dort vorne hinter der alten Mauer befindet sich mein Rosengarten."

Papa stutzte. „Aber genau an dieser Stelle waren wir doch vorgestern, als wir das Picknick am Strand gemacht haben."

„Ja, wir saßen direkt an dieser Mauer, ohne zu wissen, dass dahinter ein Garten ist", gab Mama ihm recht.

Der Amerikaner lächelte. „Ja, manche Fügungen sind einfach wunderbar. Ihr werdet gleich alles ein wenig besser verstehen. Ich darf doch *ihr* sagen, oder stört Sie das?"

Mama lächelte. „Kein Problem. *Ihr* klingt gut."

Kurz darauf saßen sie an einem großen alten Eisentisch, der mit allen möglichen Leckereien gedeckt war. Die Kinder schlürften Brause, die Erwachsenen tranken einen aromatischen Kaffee. Der Amerikaner sah in die Runde. „Es hat alles damit begonnen, dass ihr zusammen an der Mauer meines Gartens ein Picknick gemacht habt. Ich war hier draußen und habe alles mitbekommen, was erzählt wurde."

„Sie haben uns ... belauscht?" Mama wurde rot, fasste sich aber schnell wieder. „Äh ... ich meine, und dann?", fuhr sie neugierig fort.

„Ich war sehr beeindruckt. Vor allem davon, dass Sie, Herr Schmidt, ehrlich sein wollten, auch wenn Sie das den Job kostet." Der ältere Herr strich mit der Hand über seine Halbglatze, die am Rand von dichtem grauem Haar flankiert war. „Wisst ihr, ich habe euch als Familie ins Herz geschlossen – ohne dass ich euch kannte. Und als ihr dann zusammen gebetet habt, traf ich einen Entschluss: Ich wollte euch irgendwie helfen. Wie, das wusste ich am Anfang noch nicht. Ich wusste nicht einmal, in welchen Schwierigkeiten ihr wirklich gesteckt habt."

Alle schauten ihn verwundert an, während er weitersprach. „Tja, ich bin sehr einflussreich und habe Freunde in wichtigen Positionen. Als Erstes musste ich alles über euch als Familie herausfinden. Dazu habe ich einen fähigen Detektiv eingeschaltet, der hier gerade im Urlaub war. Ich kenne ihn schon sehr lange. Meiner Meinung nach ist er der Beste."

Der Amerikaner trank einen Schluck Kaffee. „Innerhalb kürzester Zeit hat er alles erfahren über euch, euer Schmugglerhaus und das Hotel, in dem Sie, Herr Schmidt, bis letzte Woche noch gearbeitet haben. Er hat sogar herausgefunden, dass jemand Anzeige gegen Sie erstattet hatte, Herr Schmidt. Ich war entsetzt, denn ich wusste gleich, dass das eine ganz ernste Sache werden könnte.

Deshalb habe ich sofort Herrn Gerber angerufen. Er ist Steuerfahnder und ein guter Freund von mir. Da er mir viel zu verdanken hat, konnte ich ihn überreden, euch zu helfen. Der Rest der Geschichte ist ja allen bekannt. Ich bin froh, dass alles gut ausgegangen ist. Und übrigens – euer Ablenkungsmanöver gestern war eine Geheimdienstoperation vom Feinsten." Der Amerikaner lächelte verschmitzt. „Wisst ihr – ich kenne mich da sehr gut aus, weil ich in diesen Kreisen selber tätig war."

Papa räusperte sich. „Ich bin einfach überwältigt und kann es kaum fassen. Vielen, vielen Dank, Herr ..." Papa zögerte. „Mir fällt gerade auf, dass ich Ihren Namen noch nicht weiß."

Der Amerikaner winkte ab. „Ach, nennen Sie mich einfach Bill."

Es gab noch sehr viele Fragen an Bill, die dieser bereitwillig beantwortete. Zum Schluss wandte er sich an Papa. „Ach, eine Sache habe ich noch vergessen. Klaus hat herausgefunden, dass Sie nicht nur ein exzellenter Hotel-Manager sind, sondern auch ein gelernter Architekt. Stimmt das?"

Papa nickte. „Ja, ich habe ursprünglich Architektur studiert. Aber Sie wissen ja bestimmt, dass man als Architekt im Moment nur sehr schwer einen Job bekommt. Deshalb bin ich Hotel-Manager geworden. Warum interessiert Sie das?"

„Ich hätte Ihnen ein Angebot zu unterbreiten."

Papa machte große Augen, während Bill weiterredete. „Wie Sie sicherlich schon mitbekommen haben, wird rechts von dieser alten Scheune eine Freizeitanlage gebaut. Dort sollen junge Familien preiswert Urlaub machen können. Es sind Holzhäuser, Bungalows, Mobilheime und auch ein kleines Hotel geplant. Ich bin derjenige, dem das ganze Grundstück gehört und der hinter allem steht."

„Worauf wollen Sie hinaus?", fragte Papa.

„Ich mag Sie und würde Sie gerne als Manager der ganzen Anlage haben, und zwar ab sofort. Als Architekt könnten Sie den Bau überwachen und hinterher dann dafür sorgen, dass hier alles so richtig gut läuft. Ach, und was das Gehalt angeht – ich zahle sehr gut. Sind Sie interessiert?"

Papa strahlte übers ganze Gesicht. Dieser merkwürdige, aber gleichzeitig sehr vertrauenerweckende Amerikaner bot ihm doch tatsächlich einen neuen Job an! Da brauchte er nicht lange zu überlegen. „Ich bin dabei", erklärte er feierlich.

Die beiden Männer gaben sich die Hand, und noch am selben Tag bekam Papa den neuen Arbeitsvertrag.

Am Abend ging die ganze Familie Schmidt gut gelaunt in die Pizzeria von Marios Vater. Die Pizza schmeckte ihnen doppelt so gut wie sonst, denn alle freuten sich über Papas neue Arbeit. Nach dem Essen holte Opa Abraham das Logbuch von Käpten Sturm hervor.

Gemeinsam lasen sie den Rest der Abenteuergeschichte.

20. EINE DICKE, FETTE ÜBERRASCHUNG

Die Gruppe der Piraten erreichte den Hafen, Käpten Sturm in ihrer Mitte. Der Schwarze Pirat stolzierte voran.

Mit einem Mal war ein Schwirren in der Luft zu hören. Wie aus dem Nichts flogen von allen Seiten Wurfseile auf die Piraten zu und schlangen sich um sie herum. Es waren spezielle Seile mit einem Gewicht an beiden Enden. Wenn sie fachmännisch geschleudert wurden, wickelten sie sich blitzschnell um ihr Opfer und rissen es um. Binnen weniger Sekunden waren alle Piraten gefesselt und sackten hilfeschreiend zu Boden. Alles war in einem so atemberaubenden Tempo abgelaufen, dass der Schwarze Pirat zuerst gar nicht mitbekam, was da hinter seinem Rücken passierte.

Als er sich umdrehte, waren bereits alle seine Männer außer Gefecht gesetzt, ohne dass er auch nur einen Gegner zu Gesicht bekommen hatte.

Nur Käpten Sturm stand noch aufrecht und grinste. Er wusste, was los war.

Im nächsten Moment stürmten etwa zwanzig Seeleute auf den Anführer der Piraten zu und bedrohten ihn mit ihren Pistolen und Degen. Der Schwarze Pirat war so überrascht, dass ihm nichts anderes übrig blieb, als die Hände zu heben und sich zu ergeben.

Da trat ein maskierter Mann auf ihn zu. „Boa Tarde, Senhor. Wie nett, dich elenden Schurken endlich mal persönlich kennenzulernen. Hab schon viel von dir gehört."

„Und wer bist du?", japste der Schwarze Pirat.

Sein Gegenüber streifte die Maske ab. „Darf ich mich vorstellen? Man nennt mich den Grünen Piraten." Er machte eine kurze Pause und sprach dann weiter. „Und ach – ich möchte dich darauf aufmerksam machen, dass es höchst unanständig war, mitten in einer Trauung den Bräutigam zu entführen. Also, ehrlich! So was tut man doch einfach nicht! Was sollen die Gäste denn von dir denken? Bei denen bist du nun vollkommen unten durch. Aber wenn du jetzt schön brav und artig bist, dann ersparst du dir eine Tracht Prügel, die du sicherlich verdient hättest."

Der Grüne Pirat wandte sich an seine Männer. „Sperrt den Kerl schnell weg! Seine Fratze sieht ja noch viel schlimmer aus, als sie mir beschrieben wurde. Und nehmt meinem Freund Boynen schleunigst die Fesseln ab. Der hat heute noch etwas vor."

Der Grüne Pirat und Boynen begrüßten sich herzlich.

„Du bist gerade noch zur rechten Zeit gekommen", lobte Boynen. „Ich hatte dich eigentlich schon zur Trauung erwartet."

„Ja, danke für die Einladung zu deiner Hochzeit", sagte der Grüne Pirat und klopfte ihm freundschaftlich auf die Schulter. „Hab mich total gefreut, als ich hörte, dass du deine Traumfrau endlich heiraten möchtest. Das wurde auch langsam Zeit. Aber sei froh, dass ich mich verspätet habe, sonst hätte ich dir sicher nicht helfen können."

Boynen zeigte auf den Kirchturm. „Die Sache ist noch nicht ganz ausgestanden. Ein paar Piraten sind noch immer bei der Kirche und halten die Leute darin in Schach. Bevor wir weiterreden, sollten wir uns erst einmal um sie kümmern."

Das taten sie. Doch die an der Kirche verbliebenen Piraten waren für den Grünen Piraten und seine Männer keine Gegner.

Sie hatten leichtes Spiel mit ihnen und entwaffneten auch sie innerhalb weniger Sekunden. Nachdem alles erledigt war, wurden alle Piraten ins Gefängnis des Fürstentums von Waldmünde gesperrt.

Als Käpten Sturm endlich zur Kirche zurückkehrte, waren alle Versammelten noch dort. Aurora eilte auf ihn zu und schloss ihn erleichtert in die Arme. „Boynen, mein lieber Boynen, ich hatte schon befürchtet, dass ich dich niemals mehr wiedersehen würde", schluchzte sie. „Ich dachte, es sei alles aus. Du kannst dir nicht vorstellen, was für eine Angst ich um dich gehabt habe."

Boynen sah sie mit seinen blauen Augen liebevoll an. „Habe ich dir nicht in der Kirche zugeflüstert, dass du dir keine Sorgen machen sollst und dass alles gut wird?"

Aurora blickte ihn erstaunt an. „Ja, das hast du. Aber warum warst du dir so sicher, dass es so kommen würde?"

„Heute Nacht hatte ich einen bösen Traum", erzählte Boynen und streichelte ihr sanft über die Wange. „Keine Ahnung, warum, aber als ich aufwachte, hatte ich so etwas wie eine Vorahnung, dass an unserer Hochzeit irgendetwas Schlimmes passieren würde."

„Und dann?", fragte Aurora gespannt.

„Dann habe ich zu Gott gebetet in einer Weise, wie ich es noch nie zuvor gemacht habe."

„Was hast du gebetet, Boynen?"

„Ich habe Gott angefleht, dass er heute, an diesem Tag, ganz besonders auf uns aufpasst. Danach habe ich meine Bibel aufgeschlagen und einen Vers gelesen:

Fürchte dich nicht, denn ich bin bei dir.

Sieh dich nicht ängstlich nach Hilfe um,

denn ich bin dein Gott:

Meine Entscheidung für dich steht fest,
ich helfe dir.

Ich unterstütze dich,

indem ich mit meiner siegreichen Hand
Gerechtigkeit übe."

(Jesaja 41,10)

„Was für ein wunderbares Versprechen!", flüsterte Aurora.

„Genau, für mich war das Gottes Antwort auf mein Gebet. Und als der Schwarze Pirat in der Kirche auf uns zukam, hatte ich keine Angst. Denn ich war mir sicher, dass Gott alles im Griff hat."

Der Pfarrer trat auf das Brautpaar zu. „Und was ist jetzt mit der Hochzeit? Lassen wir sie ausfallen?"

„Auf keinen Fall!", riefen Aurora und Boynen gleichzeitig. Und Boynen sprach aus, worin er und Aurora sich einig waren: „Die Trauung findet statt. Wir lassen uns doch von so einem Rüpel wie dem Schwarzen Piraten nicht den bedeutendsten Tag unseres Lebens verderben. Bitte ruft die Gäste zusammen! Es geht weiter."

Wie vom Brautpaar gewünscht, wurde die Hochzeit in der Kirche fortgesetzt. Und diesmal waren auch der Grüne Pirat und seine Leute mit dabei und lächelten den beiden Hauptpersonen freundlich zu. Sogar der junge Afrikaner Tafari war gekommen.

Er nahm direkt neben Safira Platz, die mit ihren Eltern zusammen in einer Reihe saß.

Ein zweites Mal standen Aurora und Boynen vor dem Altar. Der Pfarrer fuhr mit der Zeremonie fort. „Liebes Brautpaar! Ihr seid in dieser entscheidenden Stunde eures Lebens hier, um in den heiligen Bund der Ehe zu treten. Deshalb bitte ich euch, öffentlich zu bekunden, dass ihr zu dieser christlichen Ehe entschlossen seid. Ich frage Euch, Kapitän Wilbert Boynen Sturm: Wollt Ihr Eure Braut Aurora zur Frau nehmen, sie lieben und achten und ihr die Treue halten alle Tage Eures Lebens? So antwortet mit Ja."

„Ja! Mit Gottes Hilfe."

„Und ich frage auch Euch, Aurora von Waldmünde: Wollt Ihr Euren Bräutigam Wilbert Boynen Sturm heiraten, ihn als Euren Ehemann lieben und achten und ihm die Treue halten alle Tage Eures Lebens? So antwortet mit Ja."

„Ja! Mit Gottes Hilfe."

„Dann erkläre ich euch beide hiermit zu Mann und Frau." Der Pfarrer wandte sich an Käpten Sturm: „Ihr dürft Eure Braut jetzt küssen."

Das ließ sich Boynen nicht zweimal sagen. Er zog Aurora an sich und schloss sie in die Arme. Ein tosender Applaus erfüllte die Kirche. Alle standen auf und bejubelten das Brautpaar. Endlich waren die beiden vereint.

Viel später, während der Hochzeitsfeier im Schloss, trat der Grüne Pirat an das Brautpaar heran. „Boynen, ich habe gehört, dass du mich sprechen möchtest."

„Ja, allerdings. Ich habe etwas für dich, ein Geschenk, das wir auf unserer letzten Reise erbeutet haben."

„Erbeutet?", fragte der Grüne Pirat lachend. „Bist du jetzt auch ein Seeräuber geworden?"

„Das nicht, aber es ist uns gelungen, ein Piratenschiff zu kapern und es in Besitz zu nehmen. Um es kurz zu machen: Ich brauche es nicht. Es gehört dir ... Ich schenke es dir."

Der Grüne Pirat konnte es kaum glauben. „Du willst mir dieses wertvolle Schiff einfach so geben? Eigentlich müsste ich euch beiden doch etwas schenken."

„Nein, mein Freund, das größte Geschenk von dir ist, dass du gekommen bist. Außerdem hast du mich ja aus der Hand des Schwarzen Piraten gerettet. Dafür werde ich dir für immer dankbar sein." Boynen grinste verschmitzt. „Ach, und ein weiteres Schiff, das, mit dem der Schwarze Pirat heute gekommen ist, liegt verwaist im Hafen von Waldmünde. Wenn du willst, kannst du es ebenfalls mitnehmen. Der Schwarze Pirat ist ja jetzt dort angekommen, wo er hingehört, nämlich im Gefängnis. Nun braucht er es nicht mehr."

Die Männer des Grünen Piraten, die hinter ihrem Anführer standen, schrien laut Hurra. Denn erst vor Kurzem hatten sie eines ihrer Schiffe verloren. Die Besatzung hatte sich zwar retten können, aber das Schiff fehlte ihnen. Zwei komplett ausgestattete Schiffe konnten sie also sehr gut gebrauchen.

Der Grüne Pirat umfasste mit beiden Händen Boynens Hand. „Danke, mein Freund! Vielen Dank! Du weißt gar nicht, wie sehr du uns damit unterstützt. Das wird uns in unserem Kampf gegen den Sklavenhandel sehr weiterhelfen."

Im Gefängnis von Waldmünde konnte es der Schwarze Pirat noch immer nicht fassen, dass man ihn und seine komplette Mannschaft gefangen genommen hatte. „Ihr Schlappschwänze habt alles verbockt", schimpfte er seine Männer aus. „Wie kann man nur so blöd sein, sich von den Leuten des Grünen Piraten so einfach überwältigen zu lassen?" Zornig wandte er sich von seinen mutlos dreinblickenden Kameraden ab.

Als er durch die Gitterstäbe des Fensters auf den Abendhimmel hinaussah, stutzte er. Auf einer Mauer direkt vor dem Fenster saß Toto, Brummels Schimpanse, und starrte den verärgerten Piraten mitleidig an. Der kleine Affe schälte eine Banane und fraß sie vollständig auf. Weil der Schwarze Pirat ihm leidtat, wollte er ihm ein Geschenk machen: Er reichte ihm die Bananenschale durch das Gitter hindurch.

Völlig verwirrt nahm der Schwarze Pirat die Schale entgegen und sagte: „Danke!"

In diesem Moment kam ein außergewöhnlich schöner Vogel angeflattert und setzte sich direkt neben Toto auf die Mauer. Es war Kiki. Mit ihren grünen Augen blickte die hübsche Papageiendame den Schwarzen Piraten an und sagte streng: „Iss das lieber nicht, du Wicht!" Dann stieß sie einen Schrei aus, der durch Mark und Bein ging, und flog davon.

Wutentbrannt warf ihr der Schwarze Pirat die Bananenschale hinterher, traf Kiki aber nicht.

Toto schnappte sich die Schale, setzte sie sich als Schmuck auf den Kopf und drehte sich tanzend im Kreis. Er stieß ein typisches Affengeräusch aus, das sich wie höhnisches Gelächter anhörte: „Hohoho." Gleich darauf verschwand auch er.

Kiki und Toto kehrten beide zur Hochzeitsgesellschaft zurück, wo sie von Tafari und Safira mit leckeren Pfirsichstücken gefüttert wurden.

Spät am Abend kamen Brummel, Seebär und Safira auf das Brautpaar zu. Sie hatten eine Frage, die ihnen unter den Nägeln brannte. „Boynen, willst du dich jetzt, wo du verheiratet bist, zur Ruhe setzen, oder bleibst du auch weiterhin unser Anführer?"

Boynen warf Aurora einen fragenden Blick zu. So etwas wollte er nicht allein entscheiden, nachdem er jetzt mit ihr verheiratet war.

Seine hübsche junge Ehefrau gab ihm einen Kuss auf die Wange und sagte lächelnd: „Aufhören? Zur Ruhe setzen? Du? Nein, mein Liebster. Das passt nun wirklich gar nicht zu dir. Ein Kapitän gehört auf sein Schiff." Sie legte ihre rechte Hand auf die Brust. „Und ich spüre es ganz tief in meinem Herzen, dass du mit deinen Leuten zusammen noch viele Abenteuer erleben wirst."

Unbemerkt hatte sich die ganze Mannschaft der *Esmeralda* hinter dem Brautpaar eingefunden. Mehrere treue Matrosen packten nun ihren Käpten und warfen ihn mit ihren starken Armen hoch in die Luft, um ihn anschließend sanft wieder aufzufangen. Dabei riefen sie laut: „Unser Käpten lebe hoch, hoch, hoch!"

Käpten Sturm strahlte übers ganze Gesicht. Seine Augen glühten vor Begeisterung. „Ja, auf zu neuen Abenteuern!"

SAMMLE ALLE ABENTEUER VON KÄPTEN STURM!

Lenny und Anne leben mit ihren Eltern in einem alten Schmugglerhaus. Beim Erforschen der unzähligen Verstecke und Geheimgänge des Hauses finden sie nach und nach immer mehr Logbücher von Käpten Sturm. Lenny und Anne werden in den Bann seiner Abenteuer gezogen, als sie zu lesen beginnen – von Schätzen und Piraten, fernen Ländern und Rettung in letzter Sekunde ...

DIE GESCHICHTE ZUM MITFIEBERN UND SPURENSUCHEN

\+ Geheimstift

Durch Knobeln und genaues Lesen kannst du die Aufgaben lösen, denen sich Käpten Sturm mit seiner Mannschaft stellen muss. Dabei hilft dir der Geheimstift mit Entdeckerlampe, den du vorne auf dem Buch findest. Die Lampe macht Unsichtbares sichtbar. So kommst du der Lösung auf die Spur!

Daniel Kowalsky
Käpten Sturm – Wettfahrt um den Thron von Zakis
Geb., 128 S., mit Geheimstift
Bestell-Nr. 228.967

SCM